novum 🔺 pro

Julia Bo

Ein Strauß bunter Geschichten

Dies und das

novum pro

Dieses Buch ist auch als
e-book
erhältlich.

Bibliografische Information
der Deutschen Nationalbibliothek:

Die Deutsche Nationalbibliothek
verzeichnet diese Publikation in
der Deutschen Nationalbibliografie.
Detaillierte bibliografische Daten
sind im Internet über
http://www.d-nb.de abrufbar.

Gedruckt in der Europäischen Union
auf umweltfreundlichem, chlor- und
säurefrei gebleichtem Papier.

© 2024 novum Verlag

ISBN 978-3-99146-838-7
Lektorat: Sandra Fantner
Umschlagfoto:
Jolanta Brigere I Dreamstime.com
Umschlaggestaltung, Layout & Satz:
novum Verlag

www.novumverlag.com

Druckprodukt mit finanziellem
Klimabeitrag
ClimatePartner.com/16547-2311-1001

WO DAS GRAS NOCH GRÜN IST

Es war Sommer und das zweite Jahr hatte Corona uns nun schon im Griff. Zwei Jahre und nicht wirklich Urlaub, so wie früher. Weißer Strand und blaues Meer. Fast hatte man es schon vergessen, vergraben, tief in den Erinnerungen. 14 freie Tage lagen vor uns und wir überlegten, was wir nun, unter diesen Bedingungen, damit anfangen könnten. Nicht, dass wir nicht genug zu tun gehabt hätten. Bei Haus und Garten gab es eigentlich immer etwas. Aber das war doch nicht wirklich Urlaub!

Eines Morgens, am Frühstückstisch, sagte mein Mann zu mir: „Was hältst du davon, wenn wir nachher nach Brüssow fahren. Einfach so!" Die Frage kam überraschend. Brüssow! Dieses Wort löste viele Erinnerungen in mir aus und wie in einem Film ging ein Bild nach dem anderen durch meinen Kopf. Und so, wie die Bilder kamen, kam auch eine gewisse Sehnsucht. Ich sah wieder die nicht enden wollenden Kornfelder vor mir. Roch die Luft, die frisch und schon ein klein wenig nach Unendlichkeit und Salz schmeckte. Die Weiten im Brandenburger Norden.

Und dann ging alles sehr schnell. Packen mussten wir ja nichts, am Abend würden wir wieder zurück sein. Schnell noch ein Anruf bei Christel, unserer Nachbarin. Die vorsichtige Ankündigung, dass Lisa, unsere Katze, für diesen Tag ihr gehören könnte, löste nur ein klares und erfreutes „Aber gerne doch!" bei ihr aus, womit unserer kleinen Reise nichts mehr im Wege stand. Eine Stunde später waren wir auf der Piste Richtung Norden. Mein Frank ist ein Vielfahrer, der gern unterwegs ist und manchmal auch etwas brutal in seinem Fahrstil. Aber so ist er nun mal.

Eine Stunde später verließen wir die Autobahn wieder, fuhren auf kleinen Straßen durch eine Landschaft, die immer sanfter und weiter wurde. Soweit das Auge blicken konnte, unendliche Felder und dazwischen blühte der Mohn. Ich mag Mohn. Er ist für mich immer ein Zeichen für die Kraft und Farbenfrohheit der Natur. Und dazu Rapsfelder so groß und weit wie die Sonne, als hätte sie einen fröhlichen Spaziergang über die Erde gemacht. Solche Farben kann nur die Natur malen und irgendwie werde ich bei diesem Anblick immer ganz ruhig und still. Dazwischen kuschelten sich ab und zu kleine, einsame Gehöfte, kleine Dörfer tauchten auf und verschwanden wieder und über allem lag Stille und Friedlichkeit. Die Uhren hatten ihre Rastlosigkeit eingestellt. Selten begegneten uns andere Autos. Die Zeit schien hier seit Jahrhunderten stehen geblieben zu sein. Selbst mein Mann fuhr nicht mehr so schnell.

Irgendwann, nach zwei Stunden, tauchte dann das Ortsschild „Brüssow" auf und wir rollten langsam in den Ort. Alles so sauber und gepflegt und irgendwie auch fremd. Was hatte ich erwartet? Dass mich die Erinnerungen auf der Stelle übermannen würden? In Gedanken begann ich die Jahre rückwärtszuzählen. Als ich mit den Eltern das letzte Mal hier war. Das war jetzt mehr als 40 Jahre her. Nein, das konnte nicht sein, so viele Jahre konnten nicht vergangen sein. Es fühlte sich immer noch wie gestern an. Wenn ich mich jetzt im Auto umdrehen würde, dann würden beide hinter mir sitzen, mein Vater seine Kommentare abgeben und meine Mutter nur die Augen verdrehen und eigentlich wieder zurückwollen, bevor wir überhaupt angekommen sind. Sie hat diese primitive Einfachheit nie gemocht. Aber sie waren nicht mehr da.

Und da waren wir auch schon mitten auf dem Marktplatz von Brüssow. Die Kirche und der Friedhof nicht weit, wie sich das gehört für so einen kleinen Ort. Und die vielen Parkplätze schienen alle nur auf uns zu warten. Wir parkten ein und stiegen aus. Ich schaute um mich und versuchte, Erinnerungen heraufzubeschwören. Alles wirkte so klein und fremd und genauso kam auch ich mir vor. Ich drehte mich um und sah die kleinen Häuser, alle in verschiedener Bauweise, sich aneinander kuschelnd, als müsste eines das andere halten. Und dann stockte auf einmal unerwartet mein Herz für einen Moment. Das kleinste Haus, windschief und scheinbar wirklich nur von den Nachbarhäusern gehalten, rief blitzartig etwas in mir wach. Ich war sicher, wenn ich diese Tür öffnen würde, dann musste man sich bücken, um einzutreten. Der Boden schien aus Lehm gestampft, die Decke niedrig. Einen kleinen Innenhof gab es, winzig, und kleine Stallungen für eine Ziege, Kaninchen und Hühner. Selbst als kleines Mädchen hatte ich die Enge des Raumes empfunden. Eine Toilette gab es noch nicht, nur einen „Donnerbalken" im Stall. Ja, heute konnte ich verstehen, warum meine Mutter sich hier nie wohlgefühlt hatte. Sie kam aus einer Stadt, wenn auch nur aus einer Kleinstadt. Mein Vater dagegen kehrte, wenn er hier war, unweigerlich in seine Vergangenheit zurück. Er war hier geboren. Auch wenn sein Lebensweg im Vergleich zu der Enge und Einfachheit hier nach dem Krieg steil bergauf gegangen war, er hatte seine Heimat nie vergessen. Eine gewisse Sehnsucht war wohl immer geblieben.

Hätte es an diesem Haus eine Klingel gegeben, ich hätte sie gedrückt. Aber so wohnte natürlich heute keiner mehr. Das Haus stand unter „Naturschutz". Eigentlich ein Wunder, dass es überhaupt noch stand, so windschief, wie es war. Die Häuser, von denen einige nicht mehr bewohnt waren, schienen zu sagen „Einer für alle, alle für einen". Und so hielten sie sich gegenseitig fest. Gern hätte ich jemanden gefragt, aber es war keine Menschenseele zu sehen, das Städtchen schien wie ausgestorben. Und wäre nicht ab und zu irgendwo das Bellen eines Hundes zu hören gewesen, dann hätte man denken können, wir sind hier die einzigen Überlebenden.

Wir gingen wieder zum Auto. Zu Hause hatte ich im Internet noch nach dem Hammelstaller Weg gesucht, da hat Tante Grete, Vaters Schwester, gewohnt. Mit dem Auto war es nicht weit, zum Teil war die Straße heute befestigt. Früher war Tante Gretes Haus das letzte des Weges gewesen, danach kamen nur noch weite Kornfelder, endlos, bis zum Horizont und ein kleines Wäldchen. Wir fuhren langsam an dem Grundstück vorbei. Auch hier kam mir alles so sehr klein, zusammengeschrumpft und auch fremd vor. In meinen Erinnerungen war alles unendlich groß, ohne Zaun, ein Abenteuerland für uns Kinder. Heute schließen sich vereinzelt noch neugebaute Einfamilienhäuser an. Am Waldrand hielten wir an. Hier irgendwo musste das alte Hünengrab sein. So viele Bäume hatte es damals auch noch nicht gegeben, das Grab mit den hoch aufgetürmten Steinbrocken stand damals frei. Das Internet hatte mir verraten, dass es sich um ein Megalithgrab handeln musste, ein Hünengrab, erbaut zwischen 3.400 und 3.200 v. Chr. Wow – für mich eine unvorstellbare Zeitspanne ... hier hatte ich als Kind schon gespielt. Was mag hier schon alles geschehen sein? Ein Ort der Geschichte.

Aber davon wussten wir damals natürlich noch nichts, als wir Kinder waren, gerade mal bereit, die Welt um uns herum zu entdecken. Für uns war es einfach nur ein großer Abenteuerspielplatz, ein Haufen Steine. Nur instinktiv ahnten wir vielleicht schon, dass es etwas Mystisches, Großes sein musste und sicher mit großen Kämpfen zu tun hatte. Vielleicht hat mein Vater mir davon auch mal erzählt, ich weiß es nicht mehr. Als wir jedenfalls davorstanden, ich das Handy zum Fotografieren in den Händen hielt, gab es wieder einen Zeitschnitt. Ich sah uns Kinder alle in einem Sommerurlaub um das Grab herumtoben. Bereit, auch große Kriege zu führen und uns zu verteidigen. Da blieb ich mit meiner Schiene an einem Strauch hängen. Ich war damals vielleicht 6 Jahre alt ... Zwei Jahre zuvor war ich an der Kinderlähmung erkrankt, eine Zeit, an die ich noch vage Erinnerungen habe. Meine Mutter hat viel später oft traurig zu mir gesagt, „Warum musstest gerade du das bekommen ...“. Aber ich war ein Kind und Kinder setzen sich durch oder leiden. Ich glaube, dazwischen gibt es nicht viel. Zum Glück gehörte ich zu den Kindern, die widerborstig waren. Und so band ich die Schiene damals wütend ab, zog die hohen orthopädischen Schuhe aus, warf alles irgendwohin und war sofort wieder bereit, unseren Kampf fortzusetzen. Den Kampf um Recht und Freiheit. Natürlich haben wir ihn gewonnen.

Erschöpft waren wir am Abend dann wieder bei Tante Grete. Meine Mutter war entsetzt darüber, wie ich aussah. Wild, zerfetzt, staubig und müde. Ein Bad und Badewanne gab es bei Tante Grete nicht. Ich hatte die Wahl zwischen kleiner Schüssel und Wasserschlauch. Die Entscheidung traf mein Vater. Als früherer Bauernjunge, was er später aber nicht mehr hören wollte, nahm er den Schlauch und spritzte uns alle ab. Na, das gab ein Gekreische. Am Ende waren wir zwar immer noch müde – jedoch sauber, glücklich und hungrig nach so einem erfolgreichen Kampf.

Beim Abendessen schlief ich schon fast ein. Es war kurz bevor ich ins Bett sollte. Da sagte meine Mutter auf einmal: „Wo sind eigentlich deine Schiene und deine Schuhe geblieben?" Ich weiß heute nicht mehr, was ich stammelte. Ich muss sie jedenfalls mit so riesengroßen Augen angesehen haben, dass sie sich einen Großteil der Geschichte zusammenreimen konnte. Ich habe diese Schiene immer gehasst, hatte ich mich doch so oft gegen Hänseleien und Spott wehren müssen. Zum Glück konnte ich auch ohne gut laufen, aber sie hatte den Zweck, den Fuß in guter Form zu halten, damit er gerade mitwächst und ich später, wenn ich größer war, vielleicht auch mit guten Erfolgsaussichten operiert werden konnte. Aber das verstand ich damals natürlich noch nicht, wollte es nicht verstehen, denn ein Kind lebt im Hier und Jetzt und nicht irgendwo in der Zukunft. Doch dafür hatte ich ja meine Mama, die streng darauf achtete. Und so begann noch am gleichen Abend die große Suchaktion. Es war Sommer und es war lange hell. Die weißen Nächte im Norden von Brandenburg. Und es war noch eine Spielgefährtin da. Und alle gingen wir nun nochmal auf die Suche nach diesem verlorenen und verfluchten Ding. Und ja, wir fanden es auch, zwischen den Steinen am alten, ehrwürdigen Grab. Ein alter Krieger hatte sicher darauf Acht gegeben.

All dies lief mit großer Geschwindigkeit wie ein Film vor meinem inneren Auge ab. Wären diese verfluchte Schiene und die Suchaktion nicht gewesen ... wer weiß, dann hätten sich vielleicht auch diese Erinnerungen schon längst aufgelöst. Aber die Weiten und die Farben Brandenburgs haben sich so in meiner

Seele verewigt. Mein Vater würde jetzt sein verschmitztes Lächeln aufsetzen und sagen: „Ach, dieses Kuhnest ..."

Meine Finger strichen noch einmal über diese großen kühlen Steine und der Gedanke an ihr Alter beeindruckte mich immer noch tief. Wie viele Hände mochten sie in den Tausenden von Jahren schon berührt haben? Welche Geschichten sich in ihrem Schatten abgespielt haben? Eine tiefe Ehrfurcht machte sich in mir breit. Still fuhren wir wieder Richtung Brüssow.

Wieder kamen wir an Tante Gretes Haus vorbei, ganz langsam. Hunde sprangen hinterm Zaun herum und bellten wild. Ich bat meinen Mann spontan, mal anzuhalten, und stieg aus. Ich weiß selbst nicht, was ich wollte, dann schaute ich auf das Namensschild ... und da stand wirklich immer noch „Gombert", der Name von Tante Grete. Irgendwie berührte es mich tief. Wer mochte das sein? Tante Grete war lange vor meinem Vater gegangen. Mein Mann stand hinter mir und sagte: „Komm, klingle einfach mal, entweder ist jemand da oder nicht." Und ich tat's, ich klingelte.

Die Hunde wurden immer wilder und dann trat eine ältere Frau heraus und kam zum Zaun. Ich weiß nicht mehr, was ich sagte, ich versuchte, mich vorzustellen. Und da sagte sie nur „Die Jana vom Willi", machte das Tor auf und ließ uns rein. Ich ging nur ein paar Schritte, ich war verwirrt, versuchte immer noch, das Gebäude wiederzuerkennen und zu ergründen, wer diese Frau war. Und dabei redeten wir.

Sie kannte meinen Vater, meine Mutter, mich, erzählte mir von Anne, der Tochter von Vaters Schwester, von meiner Mutter und von mir, als ich noch ein kleines Mädchen war. Ich war durcheinander, konnte in meinen Gedanken und Gefühlen den Zeitschnitt so schnell nicht mitmachen. Wer war sie? Sie hieß Gombert und war sicher weit in der 80, vielleicht gar 90. Wer war sie? Warum habe ich diese Frage nicht gestellt? Ich hatte die Vergangenheit gesucht und nun hatte sie mich eingeholt und übermannt. Aber meine Gedanken und Gefühle kamen nicht hinterher. Da stand eine Frau, die mit meinem Vater verwandt war, ihn noch kannte und mein Vater war nun schon fast 20 Jahre nicht mehr.

Haus und Grundstück wirkten viel kleiner als damals. Aber sie erzählte, dass alles so geblieben sei, außer dass es heute einen großen Zaun gab und der Kuhstall zum Wohnbereich mit ausgebaut worden war. Ihre Enkel wohnten oben und sie unten. Alles so vertraut und doch so fremd. Wir hielten uns dann auch nicht mehr lange auf, ich wollte weg, meine Gedanken, mich und meine Gefühle sortieren.

Und so verabschiedeten wir uns dann, ohne eventuell Telefonnummer oder Adresse auszutauschen. In dem Moment ahnte ich noch nicht, dass ich noch tausend Fragen haben würde. Auf der Rückfahrt in den Ort war ich still. Wir landeten wieder auf dem Marktplatz. In so einem kleinen Ort führen wohl alle Wege zum Marktplatz. Dahinter erhob sich die sehr schöne, altehrwürdige Kirche, die natürlich auf einem Friedhof stand. Ein Friedhof ist auch immer ein Zeuge der Vergangenheit und der Vergänglichkeit. Ich sah die Kirche, sah meinen Mann an und wir stiefelten los und stromerten über dieses heilige Terrain. So einen sonnigen Friedhof hatte ich noch nicht gesehen. Stille lag über allem und wir gingen querfeldein. Ich suchte etwas. Etwas, von dem ich wusste, ich würde es nicht mehr finden und doch suchte ich. Ich suchte meinen Namen. Es gab viele weite freie Flächen. Vor nicht allzu langer Zeit schienen viele alte Gräber eingeebnet worden zu sein, so sicher auch das Grab von meinem Opa und der Oma, den Eltern meines Vaters. Nur bei ihnen hätte ich mich wiederfinden können. Auch Tante Gretes Grab gab es nicht mehr. Die Zeit hatte alles mitgenommen und der Wind die Namen verweht. Wer weiß heute noch etwas von den Hugenotten, die damals, vor mehr als 300 Jahren hierherkamen, in der Hoffnung auf ein neues, besseres Leben? Nur in vielen Namen findet man sie heute noch wieder. So auch in meinem. Und mit mir wird wohl auch er eines Tages erlöschen. So ist der Lauf der Zeit. Wie oft hat mein Vater mir die alten Geschichten erzählt.

Es war warm und wir müde und nun auch hungrig. Nicht weit fanden wir eine schöne Gaststätte, doch sie war für uns geschlossen, Corona hielt ihre Hände drauf. Wir kauften uns eine Kleinigkeit und suchten uns ein Plätzchen in der Sonne.

Als wir uns am Morgen so unbefangen auf unsere kleine Reise begeben hatten, ahnte ich nicht im Entferntesten, dass ich mit einem Sack voller Emotionen und vielen offenen Fragen wieder zurückfahren würde. Ich hatte nicht geahnt, dass ich mir selbst und der Vergangenheit begegnen würde. Und ich bin sicher, ich komme wieder – im nächsten Sommer!

Wolken am Horizont

Zufrieden rekelte sich Anna im Bett und streckte sich lang aus. Sie gähnte herzhaft und versuchte, sich zu erinnern, was für ein Tag heute war und was er mit ihr vorhatte. Sie hatte so fest geschlafen und irgendetwas Schönes geträumt. Aber vergeblich versuchte sie, den Traum noch einmal einzufangen, er hatte sich in den Sonnenstrahlen, die das Zimmer durchfluteten, bereits aufgelöst und nur noch vage Bilder zurückgelassen. Der Gedanke, dass sie heute frei hatte, ließ sie lächeln und tief durchatmen. Es war Sonnabend, sie brauchte nicht ins Ministerium und das war ein schönes Gefühl. Sie reckte und streckte sich noch einmal und sprang dann schnell aus dem Bett und öffnete das große Fenster. Nochmals gähnend trat sie einen kleinen Schritt ins Freie. Es war nicht wirklich ein Balkon, sondern ein kleiner Vorbau, der die Illusion von etwas Freiheit vermittelte. Vom Herbst bis zum Frühjahr nutzte Anna ihn auch, um Butter und Milch kühl zu halten. Sie stützte sich auf das Geländer und schaute in den blauen Himmel. Der Tag versprach, schön zu werden und warm. Unter ihr erwachte auch die Straße langsam zum Leben und mit ihr Berlin. Sie liebte diese Stadt, obwohl die Spuren des Krieges noch immer an allen Ecken zu sehen waren, besonders hier im Ostteil. In Westberlin dagegen hatte das Leben, das richtige Leben, so wie sie es sich vorstellte, schon längst begonnen. Sie sollte sich etwas beeilen, sie wollte in den anderen Teil der Stadt, sie war verabredet. Und wie immer, wenn sie sich mit Paul in Westberlin traf, war ihr Körper vorher wie elektrisiert und eine eigenartige Aufregung bemächtigte sich ihrer. Das Gefühl war nicht unangenehm, es war aufregend und prickelnd. Dabei war es nicht ungefährlich, was sie tat und auch heute wieder vorhatte. Aber sie glaubte fest, dass es gut und richtig war. Sie tat es, um zu helfen, die Welt zu verändern, zu verbessern und schließlich tat sie es ja auch für ihre kleine Tochter. Bei dem Gedanken an ihre Jana hielt sie inne. Ihr Lächeln vertiefte sich. Auf einem kleinen Schränkchen stand ein Bild von ihr. Jana war ein hübsches Mädchen geworden und eine leise Sehnsucht erfasste sie. Jana lebte bei ihrer Schwester in Senftleben, einem kleinen Nest in der Lausitz, in dem auch sie geboren war. Nur Kohlenstaub und Dreck in der ganzen Stadt, die umgeben war von Gruben und Fabriken, die die Kohle verarbeiteten. Überall rauchende, hohe Schornsteine, die ohne Unterlass schwarzen Qualm ausstießen. Immer schon hatte sie weggewollt. Als ganz junges Mädchen war sie nach Leipzig gegangen an eine Schule für Körperkultur und Sport ... schon der Name. Aber es hatte ihr anfangs Spaß gemacht und sie hatte sogar Erfolge gehabt. Sie war sportlich, aber sie hatte keine große Ausdauer und bald auch keine Lust mehr. Und dann hatte sie Will kennengelernt. Den großen, erfolgreichen Mann in Senftleben. Er war ein Mann von Welt und er wusste ganz genau, was er wollte und er bekam auch immer, was er wollte. Anna hielt in ihrer Morgentoilette kurz inne und schaute in den Spiegel. Ja, sie hatte ihn geliebt. Er war der erste Mann in ihrem Leben gewesen. Um so vieles älter, erfahrener hatte er ihr ein Stück von der großen Welt gezeigt. Wie man sich kleidet, wie man sich in einem Restaurant bewegt. Und jetzt wollte sie auch ein Stück von dieser großen Welt. Er hatte sie in die Liebe eingeführt. Anna warf trotzig den Kopf in den Nacken, als wollte sie die alten Bilder und Erinnerungen abschütteln. Es war alles so lange her und der Tag heute viel zu schön, um in der Vergangenheit hängenzubleiben. Vielleicht würde sie ihn von Westberlin aus im Geschäft anrufen, sie bekam noch das Geld für Jana von ihm. Nun, eines musste man ihm lassen, alles, was Jana betraf, die auch seine kleine Tochter war, da war er nicht knausrig. Da spielte Geld keine Rolle. Nur seine Frau durfte von alldem nichts wissen, obwohl sie natürlich vom Seitensprung ihres Mannes und seinen Folgen erfahren hatte. Anna lächelte böse, als sie an seine Frau dachte. Oh, hatten sie sich in Senftleben auf offener Straße damals ein Duell geliefert, seine Frau und sie. Vom Feinsten. Nein, es war nicht so, dass Anna stolz darauf gewesen wäre, aber eine innere Genugtuung, die hatte sie empfunden. Auch jetzt noch, wenn sie daran dachte. Hanna, ihre ältere Schwester, hatte ihr natürlich gründlich die Leviten gelesen. Sie hielt solche Revanchen einer Frau unwürdig. Aber das konnte Hanna nicht verstehen. Sie war immer so gerade, sie wusste immer, was richtig ist oder nicht. Manchmal konnte sie einen schon wahnsinnig damit machen. Aber bei keinem anderen Menschen wäre Jana so gut aufgehoben gewesen, wie bei ihr. Das wusste auch Anna. Vielleicht nicht mal mit dem Verstand, aber im tiefsten Inneren ihres Wesens wusste sie es. Und sie ahnte nicht, wie sehr sie schon bald dafür dankbar sein würde und wie nah sie dem Netz war, in dem sie für lange Zeit verstrickt sein würde. Ein Klopfen an der Tür riss Anna aus dem Gespinst ihrer Gedanken. Es war ihre Vermieterin. Ob sie Lust auf eine Tasse Kaffee hätte, frisch gebrüht ... Anna freute sich und mit strahlendem Lächeln nickte sie. Jetzt noch eine schöne Tasse Kaffee und ein Brötchen und der Tag konnte beginnen. Ich darf nicht vergessen, ihr ein Päckchen Kaffee aus Westberlin mitzubringen, dachte Anna noch.

Zwei Stunden später trat Anna vor die Haustür. Der Tag hielt weiter, was er am Morgen versprochen hatte und so verging die Fahrt in den anderen Teil der Stadt schnell und ohne Probleme. Immer wieder war Anna erstaunt, wie schnell man im Westen war. Sie wusste auch nicht so richtig warum, aber sie atmete unwillkürlich auf, wenn sie es geschafft hatte. Lächelnd ging sie mit weichem, federndem Schritt die Straße hinunter. Samstag, sie hatte frei. Sie würde noch ein bisschen bummeln gehen und sich dann mit Paul treffen. Anna schlenderte an den Geschäften vorbei. Es gab nicht viele Frauen, die mit hohen Pfennigabsätzen, wie sie gerade Mode waren, so sicher und unbeschwert laufen konnten wie sie. Sie konnte es und sie genoss es. Und sie genoss auch die Blicke der Männer, die ihr folgten. Sie fühlte sich so jung und frei mit ihren 28 Jahren. Die Welt lachte ihr zu und sie lachte zurück. Es war ein schönes Gefühl in diesem Moment, an diesem Sommertag im Westen Berlins. Vor einem großen Schaufenster blieb sie stehen. Sie suchte ihr Spiegelbild und betrachtete es. Ihr Lächeln vertiefte sich. Sie war zufrieden mit dem, was sie sah: Eine junge Frau, schlank, in sehr aufrechter Haltung, das mittellange Haar fiel ihr in dichten Wellen auf die Schultern und ihre Haltung drückte einen gewissen Stolz aus. Dann sah sie die neue Sommerkollektion. Ein schmalgeschnittenes Kleid erregte ihre Aufmerksamkeit. Sie wusste sofort, es würde ihr stehen und in Gedanken sah sie sich, wenn sie Paul damit das erste Mal überraschte. Paul ... sie sah auf die Uhr. Höchste Zeit, sich zu beeilen, wollte sie nicht zu spät kommen.

In großen Schritten ging Anna in Richtung Kranzler und fast war sie pünktlich. Suchend schaute sie sich um und da sah sie ihn auch schon. Mit seiner Größe war er auch kaum zu übersehen. Anna ging auf ihn zu, flüchtig nahm er sie in die Arme und brachte sie zu seinem Tisch. Fröhlich setzte sie sich und erzählte ihm von ihrer Fahrt und was ihr alles so durch den Kopf gegangen war. Sie nahm seine Anspannung und sein Schweigen nicht bewusst wahr. Der Kellner brachte Kaffee und ein Stück Kuchen für Anna. Paul wusste, was sie mochte und hatte schon bestellt. Anna war immer noch mit sich und ihren Gedanken beschäftigt und plauderte weiter. Da legte Paul auf einmal seine Hand auf die ihre und sagte ganz unmotiviert ihren Redefluss unterbrechend, „Anna, du kannst nicht mehr zurück!". Verständnislos sah sie ihn an. „Was? Wie meinst du das, ich kann nicht mehr zurück?" Er holte tief Luft. „So, wie ich es gesagt habe! Du kannst nicht mehr zurück. Zurück auf deine Arbeit ... zurück nach Ostberlin ... zurück nach Senftleben ... eben nicht mehr zurück!" Anna verstand immer noch nicht. Was hieß, nicht mehr zurück? Ihr wurde schwindlig. Paul nahm ihre beiden Hände, sah sie fest an und sagte noch einmal die Worte: „Du kannst nicht mehr zurück, Anna, es ist zu gefährlich, so wie es aussieht, sind wir aufgeflogen. Nach Informationen des Bundesnachrichtendienstes hat die Stasi Wind davon bekommen und ermittelt." Anna hörte zwar die Worte, aber ihren Sinn und deren ganze Tragweite begriff sie immer noch nicht. Langsam überkam sie eine Kälte und das Denken hörte auf, für einen Moment hatte sie sogar das Gefühl, zusammenzubrechen. Aber sie brach nicht zusammen, langsam kehrte die Wärme, das Leben in ihren Körper zurück. Sie sah Paul an und sah nun auch, wie müde und abgekämpft er aussah. Er schien eine schlaflose Nacht hinter sich zu haben. „Du kannst nicht mehr zurück, Anna", sagte er erneut, als müsse er ihr etwas Unabdingbares klar machen. „Und du kannst auch mit keinem Menschen darüber reden, Anna. Nicht mit deiner Schwester oder mit wem sonst auch immer. Lass dir etwas einfallen. Mit der Wahrheit würdest du sie nur in sehr große Schwierigkeiten bringen. Denke auch an deine Tochter. Je weniger deine Schwester weiß, desto besser auch für deine Jana. Deine Schwester wird es sicher bald erfahren, vielleicht auch nicht, je nachdem, welche Strategie die Stasi verfolgen wird. Auf alle Fälle werden sie versuchen, uns irgendwie in die Hände zu bekommen. Sie arbeiten mit so vielen Tricks Anna, das kannst du dir gar nicht vorstellen. Du darfst das Gebiet in Ostdeutschland nicht mehr betreten, auch Ostberlin nicht, verstehst du das, Anna?", fragte er eindringlich. Er hatte wie zu einem Kind gesprochen, dem er etwas ganz Wichtiges eintrichtern muss. Anna fühlte sich wie in einem schlechten Traum, sie wollte nicht glauben, was gerade geschah. Eben noch war sie fröhlich im Sonnenschein den Ku'damm runter gelaufen und jetzt schien der Himmel sich verdunkelt zu haben. „Aber Paul, was soll ich denn machen? Ich habe kaum Geld, ich kenne hier niemanden außer Edith, ich habe keine Unterkunft, außer einem kleinen Zimmer zur Miete … Wie soll es denn weitergehen?" Verzweiflung klang in ihrer Stimme und ihre Hand zitterte leicht, als sie die Kaffeetasse an den Mund führen wollte.

Paul sah sie mitleidig an. Sie war noch so jung und voller Illusionen und Hunger nach dem Leben. Er musste ihr den Ernst der Lage noch deutlicher machen, damit sie nicht aus einem leichtsinnigen Gefühl heraus ihrer beider Leben und vielleicht noch das anderer in Gefahr brachte. Der Schwachpunkt war ihre Tochter. Sie hatte sie zwar der Obhut ihrer älteren Schwester überlassen, aber der Gedanke, sie vielleicht niemals mehr wiederzusehen, könnte sie zu unüberlegten Handlungen veranlassen. Mehr noch als ihre Tochter hatte sie vielleicht den Mann geliebt, der der Vater von Jana war und heute auch in Westberlin lebte. Komplizierte Verbindungen, komplizierte Verstrickungen. Paul bezahlte und sagte: „Komm, Anna, lass uns ein bisschen spazieren gehen. Die Luft tut uns vielleicht gut und dann reden wir weiter."

Sie verließen das Kaffee und gingen langsam schweigend die Straße hinunter. Jeder hing seinen Gedanken nach. Ganz langsam beruhigte sich Anna, obwohl sie die Wende, die ihr Leben von einem Augenblick zum anderen genommen hatte, immer noch nicht ganz begriff. Sie liefen an einer Grünanlage vorbei und Paul steuerte auf eine Bank zu. Sie setzten sich, die Sonne schien immer noch warm und die Vögel sangen, so als wäre nichts passiert. Menschen gingen spazieren und Kinder lachten fröhlich. Paul zog Anna an sich und beruhigend wie zu einem Kind sagte er: „Sieh es mal so, Anna, es hätte alles sehr viel schlimmer kommen können. Wir sind rechtzeitig gewarnt worden, du bist in Westberlin, hier bist du erst mal sicher. Über unsere Zentrale habe ich etwas Geld bekommen, das wird dir helfen, weiterzukommen. Als aus der Ostzone Geflohene wirst du dich bei der nächsten Behörde melden und man wird sich deiner annehmen. Hunderte melden sich dort täglich. Du darfst natürlich auch dort nichts von deiner geheimdienstlichen Tätigkeit im Osten sagen. Das ist und bleibt eine Sache, von der nur du und ich wissen, so wie es bis jetzt auch war. Auch kein Wort zu deiner Freundin Edith hier in der Stadt. Sage ihr, du hast es dicke gehabt, du willst nicht mehr im Osten leben oder was auch immer. Nur die Wahrheit nicht. Sie wird nicht viel fragen, sie ist ja selbst gegangen." Er schwieg und sah sie an. Hatte er sie erreicht? „Und Jana?", fragte sie. „Sie ist meine Tochter, man lässt doch nicht seine Tochter zurück?" Paul nickte. „Ja", sagte er gedehnt. „Aber du hast sie ja schon vor Jahren zurückgelassen, Anna. Sieh den Tatsachen ins Auge. Und ich denke, bei deiner Schwester ist sie besser aufgehoben, als bei dir, versteh' mich bitte richtig. Deine Schwester scheint eine wunderbare Frau zu sein, sie ist verheiratet, der Mann hat ein gutes Einkommen ... was willst du mehr für deine Tochter? Sie hat Mutter und Vater und beide lieben sie wie ihr eigenes Kind! Du hast es mir selbst erzählt. Kannst du ihr das im Moment bieten, Anna?" Sie wusste, dass er Recht hatte, auch wenn sich alles in ihr dagegen sträubte.

„Werde ich sie denn nie wiedersehen können?", Anna sah ihn an, ihr war wieder elend zumute. „Das wird die Zeit zeigen, Anna. Du musst erst mal untertauchen und ich rate dir, auch nicht in Westberlin zu bleiben. Du bekommst von der Organisation finanzielle Unterstützung, kümmere dich um einen Asylantrag und dann schau, wo du leben willst, und alles andere wird sich finden. Unsere Wege müssen sich sicherheitshalber auch erst mal trennen. Du wärst gut beraten, nach Westdeutschland zu gehen. Wenn alles ruhig bleibt, dann kannst du ja nach einiger Zeit versuchen, telefonisch zu deiner Schwester Kontakt aufzunehmen." Er schwieg kurz, dann fügte er hinzu: „Ich habe dich geliebt, Anna!"

Sie sah sein trauriges Lächeln und fühlte Wärme und eine Art Dankbarkeit für ihn in sich aufsteigen. Hatte sie ihn auch geliebt? Er hatte ihr Ruhe und Sicherheit gegeben und als Kollege im Ministerium hatte er ihr viel geholfen. Letztendlich war er es gewesen, der sie angeworben hatte. Auf eine Art fühlte sie jetzt sogar ein wenig Erleichterung. Erleichterung, dass nun alles vorbei war, sie keine Angst mehr haben brauchte. Ja, sie würde im Westen ein neues Leben anfangen, sie war noch jung. Sie dachte kurz an Jana und an ihre Schwester. Es würde sich alles finden, da war sie sicher. Sie seufzte und ja, morgen war ein neuer Tag. Sie ahnte noch nicht, dass die Vergangenheit jeden irgendwann einholt!

WEIßE PERLEN

Es war an einem heißen Sommertag, vor vielen Jahren. Die Sonne stand schon tief und blendete. Ich war auf einer Umgehungsstraße unterwegs. Mal war sie zweispurig, um dann nach ein paar Kilometern wieder einspurig zu werden. Der Verkehr war mäßig und vor mir tuckerte ein LKW so vor sich hin. Ich setzte den Blinker, um zu überholen, bevor die Landstraße wieder einspurig wird. Noch einmal ein kurzer Blick in den Rückspiegel und schon bin ich auf der Überholspur. Ich mag es, zügig zu fahren, aber mein kleiner Elch war nicht der Schnellste. Und wie ich noch beim Überholen bin, ertönte fast neben mir ein heftiges Hupkonzert. Für einen Augenblick verlor ich fast die Orientierung und die Kontrolle, konnte die Geräusche und was da gerade geschah, nicht einordnen. Der LKW und ich, wir waren doch allein auf der Umgehungsstraße. Aber ein schwarzer Audi hatte, schnell von hinten kommend, eine „dritte" Spur aufgemacht und bedrängte mich. Ich wusste nicht wohin, rechts neben mir die großen Räder des LKW, links der schwarze Audi und von vorn in der Ferne Gegenverkehr. Ich stand fast auf dem Gaspedal, der Audi kam leicht ins Schlingern, ich hörte das Kreischen von Metall, dann war der Audi vorbei und in der allerletzten Sekunde hatte auch ich den LKW überholt. Da hatte uns der entgegenkommende Verkehr auch schon erreicht. Und so schnell alles geschehen war, war es auch schon wieder vorbei. Meine Gedanken standen still. In der Ferne sah ich die Rücklichter des Audi, hinter mir wurde der LKW immer kleiner. Ich nahm die nächste Abfahrt und hielt bei der ersten Gelegenheit an. Nach einer Weile stieg ich aus, atmete tief durch und sah mir dann den Schaden an. Er war gering, aber natürlich war es nicht schön ... das hieß wieder Werkstatt, wieder Geld. Nach einer Weile stieg ich wieder ein, ich wollte nur noch nach Hause. Wie in Trance fuhr ich Richtung Heimat.

Zu Hause angekommen, lief ich ziellos durch die Wohnung. Ich konnte keinen klaren Gedanken fassen, meine Hände zitterten leicht. Ich hatte einen Schock. Im Bad fiel mein Blick auf ein kleines Regal, auf dem eine Sammlung kleiner Fläschchen stand. Ich dachte nicht groß nach, aber zielstrebig griff ich unbewusst nach einem bestimmten und streute drei, vier der kleinen weißen Perlen in meinen Handteller, nahm sie mit der Zunge auf und ließ sie im Mund zergehen. Kurz darauf rief eine Freundin an, das Gespräch war kurz und als ich den Hörer wieder auflegte, merkte ich, dass es mir wieder gut geht. Vor dem Spiegel stand noch das kleine Fläschchen. Ich nahm es in die Hand und las: Arnica C30. Intuitiv hatte ich nach dem richtigen Mittel gegriffen. Arnica, die wohl bekanntesten Globuli aus der Homöopathie mit einem unwahrscheinlich breiten Wirkungskreis. Mein Schock hatte sich gelöst, ich war entspannt und konnte wieder lächeln.

Als mein Mann mich am Wochenende fragte, was denn da schon wieder mit dem Auto passiert sei, sagte ich nur: „Du, keine Ahnung, das muss irgendwann auf dem Parkplatz gewesen sein. Ich hab' es auch erst neulich entdeckt." Und da mir öfters mal was „passierte", schüttelte er nur den Kopf. Ich hatte keine Lust mehr, über den Vorfall zu reden.

Es war kein Zufall, dass ich damals wusste, was ich nehmen musste. Seit zwei Jahren besuchte ich die Hannemann-Schule in Berlin und ließ mich zur Homöopatin ausbilden. Nein, ich wollte keine Heilpraktikerin mehr werden. Dazu war es dann wohl doch schon etwas zu spät. Aber seit zwei Jahren war ich nun zu Hause, Rentnerin, wie man so sagt und da mich die Homöopathie schon lange interessierte, hatte ich mich zu einer dreijährigen Ausbildung entschlossen ... und ich habe es nie bereut. Es war eine der besten Entscheidungen in meinem Leben.

Beweise? Oh, die kann ich unendlich liefern. Aber ich will Sie nicht zu sehr strapazieren. Noch eine kleine Begebenheit mit Arnica vielleicht, ein Mittel, das in keinem Haushalt fehlen sollte, wie Sie gleich wieder sehen werden.

Ein sonniger Tag, ich fahre fröhlich und unbedarft mit dem Rad durch unseren Gutspark. Ich will zur Post, ein Päckchen wegbringen. Und wenn ich Rad fahre, bin ich immer schnell. Ich mag Geschwindigkeiten, den Wind in meinen Haaren, wenn die Räder surren. Mit den Gedanken bin ich irgendwo, weit weg vom Hier und Jetzt. Ich fahre auf einem schönen, neu angelegten Bürgersteig, keine Löcher, keine Steine, keine Gefahr ... keine Autos ... ich fahre sehr schnell ... und ich knalle mit unheimlicher Wucht ... gegen einen Laternenpfahl! Oh, das hätte böse ausgehen können, zumal ohne Helm! Im ersten Moment begriff ich gar nicht, was passiert ist. Das Vorderrad genau, aber ganz genau auf den Punkt in der Mitte des Laternenpfahls. Einen halben cm weiter rechts oder links, dann hätte ich wahrscheinlich ein Problem gehabt. Da stand ich nun und was mache ich? Schaue nach rechts, nach links, ob jemand mich beobachtet hat – und fahre weiter! Jetzt ein bisschen langsamer. Irgendwo in meinem Hinterkopf sagt etwas „Stopp, du bist nicht OK". Und da ich inzwischen schon mehr Erfahrungen mit der Homöopathie und mit mir hatte, habe ich wirklich angehalten, hab ein paar weiße Perlen genommen, die ich nun immer bei mir hatte, und bin weiter gefahren ... langsamer. Alles war gut und der kleine Vorfall bald wieder vergessen.

Aber Arnica kann noch so viel mehr, es ist der Allrounder unter den homöopathischen Mitteln. Sonnenbrand, Verbrennungen, Prellungen ... Arnica, Arnica, Arnica.

Muskelkater ist auch so eine Sache. Ich auf meine alten Tage im Fitnessstudio. Es macht mir so viel Spaß und ich probiere auch gern mal was aus, was vielleicht nicht mehr so das Richtige für mich ist. Da sehe ich eines Tages jemandem zu, der auf der Matte mit Gewichten trainiert. Interessant, denke ich, das musst du ausprobieren. Die Matte wird frei, ich rauf und versuche es. Natürlich falsch, natürlich mit viel zu viel Gewicht ... aber ich ziehe es durch. 3 mal 20 Einheiten, so macht man das. Alles gut, ich stolz wie Oskar, wieder was dazugelernt.

In der Nacht wache ich auf. Ich denke, was ist denn das? Ich konnte meinen Oberkörper im Bett kaum drehen, die Arme nicht heben, auf dem Rücken spürte ich Muskeln, von denen ich nicht mal ahnte, dass es sie gibt ... oh Gott, dachte ich, bitte nicht. Irgendwann fiel mir dann meine idiotische Aktion im Studio ein und zum Glück dann auch Arnica. Ich habe eine Gabe genommen. Aber ganz ehrlich, ich hatte keine Hoffnung, dass ich diesmal Hilfe bekommen würde, die Schmerzen waren unglaublich. Irgendwann bin ich eingeschlafen. Und am nächsten Morgen? Ich will nicht sagen, dass alles gut war, aber im Vergleich zur Nacht ging es mir fast hervorragend. Ein kleiner Muskelkater war übriggeblieben, aber so was steckt man doch locker weg.

Operationen – denke davor immer an Arnica ... Und auch die alten Dichter und Denker wussten es schon. So schätzte der alte Goethe Arnica besonders, nachdem er nach einem Herzinfarkt im Jahre 1823 Arnica-Tee verabreicht bekam und bald darauf deutliche Besserung verspürte.

Arnica soll hier nur stellvertretend ein Beispiel dafür sein, was Homöopathie alles kann. Ich wage zu behaupten, die kleinen weißen Perlen können manchmal Leben retten.

Ein kleines Beispiel sei mir zum Abschluss noch gestattet.

Vor ein paar Jahren bekam mein Mann eine Gesichtsneuralgie. Wenn so ein Anfall kam, dann wurde sein Gesicht ganz rot, heiß, aufgedunsen und er hatte Nervenschmerzen ohne Ende. Dann stand er da, man durfte ihn nicht berühren. Manchmal klang der Anfall schnell ab, manchmal dauerte es. Der Arzt gab Medikamente, die mehr schlecht als recht wirkten, aber dafür viele Nebenwirkungen hatten. Zu der Zeit war ich nun schon ausgebildete Homöopathin. Da ich ja nicht praktizierte und mir die praktischen Erfahrungen fehlten, mussten mir die Bücher helfen. Und ich fand ein Mittel, das genau auf seine Symptome zutraf. Ganz wichtig, die Symptome und das Mittel müssen immer stimmig sein!!!

An einem Wochenende stand er freitagabends wieder in der Küche, das Gesicht hochrot, aufgedunsen, die Schmerzen so stark, dass ich ihn nicht mal am Arm berühren durfte. Ein Bild des Jammers. Schnell suchte ich das Mittel, das ich für seine Beschwerden als treffend gefunden und bestellt hatte, heraus und gab ihm 4 Kügelchen in die Handfläche ... mit der Zunge nahm er sie auf. Es dauerte keine 10 Minuten, da entspannte sich sein Gesicht, die natürliche Farbe kehrte zurück und nach einer gefühlten halben Stunde war der ganze Zauber vorbei. Die Anfälle wiederholten sich noch 2-, 3-mal, aber die Abstände wurden immer größer und dann war es endgültig überstanden. Das alles liegt nun schon über 4 Jahre zurück. Die Neuralgie ist nie wieder gekommen, aber das Mittel – Spigelia – hat er immer noch in seiner Waschtasche. Inzwischen sind sogar noch ein paar dazugekommen. Und wenn ich manchmal etwas habe, dann ist es oft ER, der fragt: „Hast du schon Globuli genommen?" Wenn der Schüler den Meister überholt ...

Eine kleine Reise durch die Homöopathie, die mir durch die vielen kleinen und größeren Erlebnisse immer noch sehr am Herzen liegt. Inzwischen habe ich fast 100 Mittel, viele davon noch nie gebraucht – aber man kann ja nie wissen. Vielleicht bekommen auch Sie Lust, sich einfach mal auf diese Reise zu begeben. Glauben Sie mir, sie lohnt sich zu 100 Prozent!

WIE EIN SCHLAG INS GESICHT

Der Winter ging zu Ende, die Autobahn war wieder frei und ich fuhr gut gelaunt nach Neugersdorf zu meinem Mann. Wir waren jetzt 18 Jahre zusammen, seit 5 Jahren verheiratet und führten immer noch eine getrennte Beziehung. Es war nicht so, dass mich das je gestört hätte. Nein, diese Art von Beziehung passte gut in mein Leben, denn bis ich ihn kennengelernt hatte, habe ich ein doch recht zufriedenes Singleleben geführt. Natürlich gab es Beziehungen, auch tiefe Beziehungen, aber letztendlich hatten sie dann doch keinen Bestand. Aber darüber habe ich auf der Autofahrt natürlich nicht nachgedacht. Ich genoss die Landschaft, die zunehmend winterlicher wurde, und so verging die 3-stündige Autofahrt recht schnell und schon war ich auf der engen Landstraße, die sich durch einen dichten Wald Richtung Neugersdorf schlängelte. Und dann auf einmal, ganz plötzlich wurden die Bäume lichter und gaben den Blick frei auf sanfte Hügel, an die sich die kleinen Häuser kuschelten. Und da hatte ich mein Ziel auch schon erreicht.

Das große Anwesen lag auf einem Hügel, der den Blick bis weit ins Tal freigab. Es war ein sehr schönes Haus, aus dem Hügel herausgebaut, von einer großen Terrasse schaute man in das ferne Gebirge. Immer wenn ich da war, genoss ich diesen Blick.

Wir wollten an diesem Wochenende großen Hausputz machen. Wolfgang, der Vater, machte Urlaub bei seinem jüngsten Sohn in München und so konnten wir putzen und wirbeln, ohne auf ihn Rücksicht zu nehmen. Denn seit ich in dieser Familie war, kannte ich ihn eigentlich nur mit seiner Depression, die er schon fast 20 Jahre hatte. Zeitweise war er recht still und ruhte viel und dann, wenn er gut drauf war, machte er auch seine Späßchen und konnte reden ohne Ende und war dann sehr aktiv. Er war sehr belesen und ich hörte ihm gern zu, denn Bücher gehörten auch in meine Welt. Aber an diesem Wochenende waren wir unter uns, mein Frank, Ina, seine Mutter und ich. Wir hatten viel Spaß und die Arbeit machte sich fast von allein und endlich war alles geschafft.

Und dann kam Wolfgang zurück. Ich kannte ihn, wie gesagt, als sehr ruhigen Mann, ich wusste aber auch, dass er ohne große Anstrengung sehr laut werden konnte. Was wir zu diesem Zeitpunkt noch nicht wussten war, dass er schon in München alle seine Tabletten abgesetzt hatte, die er wegen seiner Depression nehmen musste.

Ich war gerade im Keller, der ebenerdig lag, da das Haus ja in einen Hügel hineingebaut war. Ich hörte ihn eher kommen, als ich ihn sehen konnte, da die Außentür noch zu war. Diese flog mit einem Schwung auf und beladen mit seinem Gepäck kam er polternd rein. Mein strahlendes Lächeln und die Begrüßung blieben mir förmlich im Hals stecken, denn sein Gepäck abwerfend fing er an zu brüllen. Nun muss man wissen, um zu brüllen musste Wolfgang sich nicht anstrengen. Er hatte einen tiefen Bariton, den er gekonnt modellieren konnte, dazu kam der rollende Dialekt der Oberlausitz. Ich erinnere mich heute nicht mehr, was er alles sagte. Ich war zu sehr perplex und stand nur still da und schaute dem Geschehen zu, denn er räumte lange sein Gepäck ins Haus. Dabei mal lauter und mal gedämpfter brüllend. Es ging irgendwie um uns, was wir uns denken, ob wir dachten, er käme gar nicht mehr wieder ... ich weiß es alles heute nicht mehr, seine Worte sind damals wohl schon in dunklen Wolken meiner Seele versunken.

Der Abend verlief dann relativ ruhig, mein Mann und ich, wir gingen zeitig ins Bett, denn am nächsten Morgen wollte ich zurückfahren.

Am nächsten Morgen frühstückten wir allein. Wolfgang sagte nur im Vorbeigehen zu mir: „Mit dir will ich nachher auch noch reden ...", und weg war er aus der Küche.

Ein paar Minuten später stand ich fertig mit meinem Gepäck im Flur, mein Mann gerade neben mir und dann kam Wolfgang. Er war etwa so groß wie ich und in gefühltem 20-cm-Abstand blieb er vor mir stehen, fast Auge in Auge. Und dann fing er an, mir Dinge zu sagen, die er mir scheinbar schon lange mal sagen wollte. Es war viel Böses dabei und es macht keinen Sinn, jetzt alles wiederzugeben. Ich dachte nur immer: „Was passiert hier? Was ist das?" Und in seinen Augen, die dicht vor den meinen waren, sah ich, dass es ihm Spaß machte. Spaß, mich so richtig fertigzumachen. Seine Augen lachten, als er mir, mit seinen Händen dicht vor meinem Gesicht rumfuchtelnd, in seinem tiefen, rollenden Bariton sagte, was er von mir und meiner Familie hielt: nämlich nichts! Gar nichts!!! Mein Mann stand schweigend neben mir. Und irgendwann dachte ich, was tust du hier noch? Geh ... nimm deinen Koffer und geh endlich.

Und so bin ich denn gegangen, mit meinem kleinen Gepäck, zum Auto, rein und Gas und weg. Ich habe nicht gedacht beim Fahren, ich kannte den Weg in und auswendig, so oft gefahren in all den Jahren. Ich fuhr ihn wie in Trance. Einmal tanken, einmal rief mein Mann mich an, ich hatte mich ja nicht mal von ihm verabschiedet. Und irgendwann nach den 300 km war ich dann auch wieder in Berlin, erleichtert, aber ich hatte keine Tränen mehr.

Die folgenden Wochen und Monate waren bunt und sehr durcheinander. Die Familie meines Mannes brach auseinander. Die Mutter wurde zu ihrem Sohn nach München gebracht, wo sie heute eine nette kleine Wohnung hat. Und da das Anwesen verkauft wurde, hatte sie auch ein kleines finanzielles Polster.

Für uns ging das Leben auch weiter. Alles schien sich wieder irgendwie zu fügen. Im August des „Zusammenbruchjahres" waren wir nochmal in München, die Mutti besuchen und da merkte ich, dass mit mir etwas nicht in Ordnung ist. Ich konnte mich schwer konzentrieren und an Kleinigkeiten, die vielleicht einen Tag vorher geschehen waren, hatte ich manchmal keine Erinnerung mehr. Das setzte sich zu Hause fort, nicht vordergründig, aber es war da. Dazu muss ich erwähnen, dass die Alzheimer-Krankheit mehrfach in meiner Familie aufgetreten ist. So habe ich meine Mutter und eine ganz liebe Tante durch diese Krankheit bis zum Tod begleitet. Und solche Erinnerungen bleiben, setzen sich fest wie ein böses Geschwür. Panik erfasste mich. Bin ich jetzt dran?

Und dann gab es eine Nacht, die das pure Grauen für mich war. Ich war wie immer allein, mein Mann arbeitete ja weiter in seinem Betrieb in der Oberlausitz. Ich konnte nicht einschlafen, das Herz klopfte und mir war eiskalt. Dann hatte ich einen Wachtraum und in diesem Traum schaute ich in einen Abgrund, der das tiefste Grauen zu sein schien. Ich weiß heute nicht mehr, was ich sah, es war wohl mehr ein Gefühl. Aber es war schlimm, es ergriff meine Seele und ich dachte nur, noch ein Schritt weiter und dann ist der Tod eine Erlösung. Bei diesem Gedanken wurde ich endgültig wach und ich sprang förmlich aus dem Bett, als wollte ich wegrennen. Mir war immer noch eiskalt. Ich kochte mir einen Tee, zog mich wärmer an und warf den PC an. Ich wusste nicht, was ich suchte, mehr automatisch gab ich ein paar Daten ein, die mir gerade einfielen zu mir und meinen Gefühlen und da dauerte es auch gar nicht lange und ich landete bei „Depressionen". Und was ich fand, traf so ziemlich genau auf meinen Zustand zu. Ich war erst mal erleichtert, denn ich dachte, okay, damit wirst du doch fertig. Ich ging wieder ins Bett, schlief auch ein, erwachte aber am Morgen erneut mit Herzklopfen und Unruhe. Ich zog mich an und fuhr dann kurz entschlossen zu meiner Ärztin. Und die Diagnose lautete dann auch wirklich „Depression" und die Behandlung – waren Tabletten.

Gut, die Tabletten verschafften mir mit der Zeit wieder Schlaf in der Nacht, aber die Tage waren nicht mehr so wie früher. Ich disziplinierte mich zwar, ging 2-mal in der Woche ins Fitnessstudio. Kam dieses dumme Gefühl in mir hoch, nahm ich das Rad und fuhr einmal Falkensee-Berlin und zurück. So verging die Zeit, mal war es besser, mal schlechter. Dabei sah ich, dass auch mein Mann litt. Er litt natürlich unter der ganzen Situation. Sein Vater hatte das Anwesen verkauft, die Mutter weit weg. Alles, wofür er all die Jahre gearbeitet und gelebt hatte – gab es nicht mehr. Und auch ich war nicht mehr die Frau, die ich vorher war. Dazu kam dann noch, dass sich mein Verhältnis zu seiner Mutter immer mehr verschlechterte. Ich konnte und wollte nicht mehr mit ihr, vielleicht gab ich ihr indirekt die Schuld an dem Zusammenbruch, ich weiß es nicht.

Am schlimmsten aber waren die Stimmungsschwankungen. Ich konnte dieses Gefühl der Traurigkeit, der Schwere einfach nicht auflösen. Mal ging es besser und ich freute mich, dann übermannte es mich wieder. Es war immer ein Kampf. Ich veränderte die Dosis der Tabletten, meine Ärztin hatte mir da Freiheiten gelassen, aber wie ein Schatten blieb es immer da, mal in der Ecke, mal auf meinem Schoß, mal in meinem Nacken. Dieser Kampf gegen die Traurigkeit kostete viel Kraft und Energie.

Ca. 2 Jahre, nachdem unsere kleine Welt zusammengebrochen war, hatte ich Freundinnen zum Kaffee eingeladen und da lernte ich Steffi kennen. Im Gespräch kamen wir auf Depressionen zu sprechen. Sie erzählte mir, dass sie jahrelang darunter gelitten hatte. Ich wollte natürlich wissen, was ihr geholfen hat. Und sie berichtete mir von einer Methode, die ich nicht kannte, von der ich auch noch nie gehört hatte und die ich natürlich auch nicht verstand. Sie versprach mir aber, mir bei Gelegenheit mal eine Broschüre in den Briefkasten zu werfen. Und sie hielt Wort, nach einer Woche lag eine Zeitschrift mit Namen „TheOmedizin" in meinem Kasten. Ich las, verstand nicht alles, aber der Name der Methode sprang mir ins Auge und mehr interessierte mich in dem Augenblick auch gar nicht. Wieder war das Internet mein Anker. Ich suchte, fand, las und wusste, das würde mein nächstes Experiment sein.

Ich fand 3 HeilpraktikerInnen, die in unserem Ort und Umgebung nach dieser Methode behandeln. Und noch am gleichen Abend schrieb ich Monika, deren Anzeige mich am meisten angesprochen hatte, eine Mail und bat um einen Termin, den ich auch ganz zeitnah erhielt. Da ich selbst Reiki praktizierte, damit aber in diesem Fall keinen Erfolg hatte, war ich sehr, sehr gespannt.

Der Termin verlief angenehm. Monika war eine junge Frau, die mir freundlich und verständnisvoll zuhörte. Die eigentliche Behandlung tat gut und erinnerte mich auch ein wenig an eine Reikibehandlung. Ich verlor völlig das Zeitgefühl, aber das Gefühl war total angenehm. Ich merkte nur, wie der Husten, der von meiner letzten Erkältung übriggeblieben war, sich zu lösen begann. Ich musste schlucken ... schlucken und immer wieder schlucken. Meine Lunge machte sich frei. Zufällig hatte ich am gleichen Tag einen Termin bei meiner Hausärztin. Ich bat sie, die Lunge noch mal abzuhorchen, da der Husten mich noch einen Tag zuvor gequält hatte. Und das Ergebnis? Die oberen Bereiche der Lunge waren frei, nur im unteren Teil waren noch kleine Geräusche. Ich war glücklich!

Den zweiten Termin vereinbarten wir noch in der gleichen Woche. Unbefangen ging ich wieder hin, ich wusste ja nun, was mich erwartet, und legte mich nach dem Gespräch wieder völlig entspannt auf die Liege. Es dauerte gefühlt keine 5 Minuten, da liefen mir die Tränen nur so aus den Augen. Ich konnte nicht aufhören, es nicht kontrollieren, das Wasser lief einfach nur so, fast ohne Schluchzen, eine Stunde lang ... Die Schleusen hatten sich geöffnet. Als ich aufstand, war ich leer. Leer vom Gefühl her, leer vom Körper und von der Seele. Ich hätte gar nicht sagen können, wie ich mich fühle. Ich habe in der darauffolgenden Nacht tief und fest geschlafen und als ich am Morgen aufwachte, da wusste ich, nein, ich fühlte es, die Depression war dabei, sich zu verabschieden. In mir war ein tiefes Gefühl der Dankbarkeit. Dankbarkeit für die Philippi-Methode, Dankbarkeit für Monika, Dankbarkeit für die ganze Welt.

Es kamen noch viele Behandlungen und immer geschah etwas, mal deutlich spürbar und manchmal merkte ich erst nach Tagen, dass sich wieder etwas verändert hatte. So zum Beispiel eine ganz alte Druckstelle an meinem rechten Fuß. Sie hatte mich fast mein Leben lang begleitet und geärgert. Ich hatte als Kind Kinderlähmung und musste später in Folge orthopädische Schuhe tragen. Es bildeten sich oft Druckstellen. Oft nistete sich durch den ständigen Druck ein Hühnerauge ein, auf dem ich dann gelaufen bin. Furchtbar, einfach nur furchtbar. Und ich bin es nie ganz losgeworden, da immer wieder Druck durch Schuhe und Laufen draufkam. Ein paar Tage nach einer Behandlung stieg ich morgens, wie immer im Sommer, aus dem Pool und hatte meine Badelatschen vergessen. „Oh, Mist", dachte ich und war schon auf den stechenden Schmerz beim Laufen vorbereitet ... aber nichts geschah ... es tat nichts mehr weh. Ich bin gelaufen und gelaufen und dann fiel mir die Behandlung vom Tag zuvor ein und wieder war da diese tiefe Dankbarkeit in mir. Kein Mensch wird je nachempfinden können, welch glückliches Gefühl das war, wenn ich in dem Sommer barfuß durch den nassen Rasen gelaufen bin oder einfach nur so über Steine. Keinen Schuh mehr auspolstern müssen, damit das Laufen nicht zu weh tut ... Es war für mich ein Geschenk des Himmels. Die Entzündung war weg und ist bis heute nicht wieder gekommen.

Und irgendwann löste sich auch meine Aversion gegenüber meiner Schwiegermutter auf. Ich konnte wieder mit ihr telefonieren ohne diese negativen Emotionen, die am Ende ja nur mir so zu schaffen gemacht haben. In Folge natürlich auch meinem Mann, denn sie ist ja seine Mutter. Und als mir das dann so richtig bewusst wurde, war das so ein befreiendes Gefühl ... es fühlte sich fast wie Glück an. Ich war einfach nur dankbar dafür.

Und so lerne ich selbst mit jeder Behandlung auch ein bisschen mehr über diese Art der Heilung, die für mich auf dem natürlichsten Wege der Welt erfolgt, indem sich alle positiven Kräfte miteinander verbinden. Und das spürt man ganz deutlich, wenn bei der Behandlung eine Philippi-CD läuft. Alles passiert, was gerade bereit ist zu passieren. Ich glaube, das kann man vielleicht auch gar nicht bewusst steuern, die Seele gibt frei, was sie in dem Moment bereit ist, freizugeben, wenn Dankbarkeit und Vergebung fließen.

Und sicher ruht noch sehr viel an Emotionen in mir. Emotionen, die nie gelebt werden konnten, die sich verlaufen haben, Emotionen, die in uns gefangen sind. Ich habe mich in meinem Leben sehr viel mit Krankheiten und Heilung beschäftigt, da ich als Kind wie gesagt selbst Kinderlähmung hatte und diese

Krankheit immer Folgen hinterlässt. Aber ich bin bis jetzt keiner Heilmethode begegnet, die so tief und trotzdem sanft in unser Leben und unsere Gesundheit eingreift. Die Reise, meine Reise hat gerade erst begonnen ... und sie geht weiter. Ich bin sehr gespannt.

Und vielen Dank, Herr Philippi!!!

Ich habe jetzt den Wunsch, diese Methode selbst zu erlernen, um noch mehr Heilung zu erfahren und sie vielleicht auch mal weitergeben zu können. Danke!!!

UND DANN KAM LISA

Es war ein lauer Frühlingstag, als wir Felix beerdigten. Die Sonne schien warm und die Vögel tummelten sich lautstark in der alten Hecke. Ein schöner Tag, aber ich war traurig. Mein Herz war traurig. Felix, mein alter Kamerad, der mich so viele Jahre begleitet hatte, war nicht mehr. Still standen wir noch einen Moment, als die letzte Erde auf sein kleines Grab gefallen war. Mein Mann nahm mich in den Arm und ich sah auch in seinen Augenwinkeln eine kleine Träne schimmern. Dann gingen wir wieder ins Haus.

Ich beschäftigte mich, räumte dies und das weg. Da lag noch Spielzeug von Felix. Ratlos hielt ich es in der Hand, dann machte ich kurz entschlossen den Mülleimer auf und weg damit. Was soll's, dachte ich, er wird immer seinen Platz in meinem Herzen haben.

Die nächsten Tage verliefen ruhig, aber ich vermisste meinen kleinen Freund. Immer war er um mich herum gewesen, bis auf die letzten Wochen. Ich schaute zu dem Foto, das an der Wand an unserer Fotoecke hing. Gott, da war er noch so klein ... wo waren nur die Jahre geblieben? Ein Jahr, bevor ich meinen Mann kennenlernte, war Felix bei mir eingezogen. Das war jetzt 13 Jahre her. Felix, der Kartäuserkater. Er war ein typischer Kater, also ein Mann. Spröde, was seine Zärtlichkeiten betraf, nur abends, wenn ich im Bett lag, kam er zu mir, kuschelte sich in meinen Arm und blieb kostbare Minuten liegen, bis er sich dann auf seinen Schlafplatz neben mir zurückzog. Nacht für Nacht, Jahr für Jahr. Nun war er nicht mehr. Das Herz tat weh. Aber das Leben geht weiter, ob man es wahrhaben will oder nicht, ob man traurig ist oder nicht.

Es war vielleicht zwei Monate später, als mein Mann mir am Frühstückstisch erklärte, dass er meine Traurigkeit nicht mehr mitansehen könne und es jetzt Zeit sei für einen neuen Hausbewohner. Es müsse wieder ein bisschen Leben in die Bude kommen. „Ich will keinen neuen Kater", fauchte ich ihn an. Nein, ich wollte wirklich nicht. Ich war froh, gerade wieder zur Ruhe gekommen zu sein.

Aber mein Mann ließ nicht locker. Er hatte einige Zeit im Internet recherchiert und eine Züchterin in Potsdam gefunden, die Katzen züchtete, ein bisschen wie Felix, ein bisschen anders. Es war mir egal, ich wollte davon nichts wissen, nichts hören. Ja, ich war regelrecht bockig.

Aber ein paar Tage später, mein Mann war wieder im Job, er arbeitete auswärts, ging ich selbst mal ins Net. Ich wusste nicht so genau, was ich suchte. Eigentlich wollte ich wirklich keine Katze mehr. Aber irgendwie fehlte mir auch genau das, was diese kleinen Begleiter ausmachte ... ihre verspielte Fröhlichkeit, das Bedürfnis zum Kuscheln, das Schnurren und die unendliche Liebe, die sie geben konnten. Ja, mein Mann war auch ein liebevoller Partner, gar keine Frage. Mit ihm konnte ich über alles reden, streiten und auch kuscheln, aber das war natürlich etwas anderes. Ich klickte also die einzelnen Rassen durch und hatte auf einmal eine Katze im Bild, die fast genauso aussah wie mein Felix und doch ganz anders. Die gleiche Fellfarbe, graublau, aber kürzer und im Gesicht nicht ganz so breit gezüchtet. Sie kamen ursprünglich aus der syrischen Wüste und wurden von Seefahrern mitgebracht und lange Zeit in französischen Klöstern gezüchtet. Ich wollte es nicht, aber ich verliebte mich fast sofort. Chartreux nannte sich diese Rasse. Was für ein charmanter Name. Ich habe die Franzosen und ihre Sprache schon immer gemocht. Und sie sahen wirklich echt französisch aus. Bei dem Gedanken musste selbst ich lächeln. „Komm, Mädel, bleib auf dem Boden", dachte ich und klickte das Bild weg.

Der Tag verging und am nächsten Tag saß ich wieder am PC auf der Suche nach Chartreux. Und wie der Teufel es will, hatte ich auf einmal eine Züchterin aus Potsdam im Bild, gar nicht weit von uns, die genau diese Rasse züchtete und die auch gerade Junge hatte. Was für ein seltsamer Zufall ... ich glaubte es kaum. Die Woche verging und am Freitagabend konnte ich es kaum erwarten, meinem Mann von meinem „Fund" zu berichten. Er grinste nur breit und sagte: „Na sag ich doch. Aber du musst ja vor dich hin zicken." Großzügig überhörte ich seine Bemerkung, denn jetzt wollte ich, dass er mit mir nach Potsdam fährt.

Und so kam es dann, dass wir am nächsten Wochenende nach Potsdam fuhren, um die jungen Kätzchen zu besichtigen. Ich genoss die Fahrt dahin und war auch ein klein wenig aufgeregt. Die Temperaturen waren mild und den Frühling konnte man förmlich schon riechen. Wir durchquerten ganz Potsdam, diese alte ehrwürdige Garnisonsstadt mit so großer Geschichte. Vor einem großen alten Bürgerhaus endete unsere Reise und ich war wahnsinnig gespannt.

Wir wurden nett begrüßt und ganz leise durften wir einen Raum betreten, der den Katzen und dem Nachwuchs vorbehalten zu sein schien. Es war gerade Mittagsruhe. Alles, was nicht niet- und nagelfest war, war aus dem Raum entfernt worden, nur eine Couch, eine Anbauwand und mehrere Stühle ... das war alles. In der Mitte auf dem Teppich lag ein grauer Haufen und zwei größere Katzen ruhten etwas abseits. Leise unterhielten wir uns, die Kätzchen hielten ihre Mittagsruhe. Ich schaute immer wieder mal auf das graue Knäuel, das da am Boden lag – unmöglich auszumachen, wie viele es waren. Da lugte ein Schwanz hervor, da mal zwei kleine Pfötchen, ein Köpfchen nach links verdreht, ein kleines Schnäutzchen platt auf den Boden gedrückt ganz unten. Wir erfuhren, dass die beiden Miezen ungeplant gleichzeitig Junge bekommen hatten. Ronaldo, der Kater, hatte ganze Arbeit geleistet.

Da ... auf einmal, ganz langsam, begann sich der Haufen zu regen und von einem Augenblick auf den anderen löste sich das Knäuel, das eben noch in Katzenträumen selig geschlafen hatte, auf. Wie auf ein Kommando, für uns unhörbar, stieben sie in alle Richtungen auseinander. Ich habe so etwas vorher noch nie gesehen. Die kleinen Mäuse flogen, sich gegenseitig neckend, jagend, nur so durch die Gegend. Ich hätte schwören können, sie haben Flügel. Von null auf hundert. Diese unverbrauchte Energie. Eines landete gleich hinter der Schrankwand und nur der aufmerksamen Katzenmama war es zu verdanken, dass wir darauf aufmerksam wurden. Eine großangelegte Rettungsaktion begann, die aber am Ende glücklich verlief, das Baby wurde gerettet.

Als ich zu meinem Mann schaute, sah ich, dass er ein kleines Katzenkind zwischen seinen beiden großen Händen vor seiner Brust hielt. Oben schaute nur noch der Kopf hervor und unten ein Stück Schwanz. „Er bringt es um", dachte ich nur. In diesem Augenblick betrat Ronaldo den Raum, der Herr und Herrscher über diese Katzenfamilie. Ein Prachtexemplar von Kater, dagegen war mein Felix ein zierlicher Kater gewesen. Ich mag ja Kater, sie sind nicht ganz so zutraulich wie Miezen, eher etwas autoritär und distanzierter. Aber wir hatten uns auf eine Mieze geeinigt und so sollte es dann auch sein. Mein Mann hielt weiter die kleine Graue fest – so sehr sie auch versuchte, sich zu wehren und zu befreien, sie hatte keine Chance.

Noch am gleichen Nachmittag machten wir alle Details fest, die Gefangene in meines Mannes Händen bekam ein Bändchen mit unserem Namen und endlich ihre Freiheit wieder. Und schon war Lisa, so sollte sie heißen, verschwunden. Balgte sich mit den anderen Kleinen und würdigte uns keines Blickes mehr. Im Gegenteil, großer Bogen um ihr künftiges Herrchen.

Drei Wochen später waren wir wieder Richtung Potsdam unterwegs, im Auto ein nagelneues Katzenkörbchen. Ein Körbchen für Lisa. Nun, sehr begeistert war sie nicht, viel lieber wollte sie mit ihren Geschwistern spielen. Auf der Rückfahrt saß ich hinten, das Körbchen auf dem Schoß. Durch das Gitter versuchte ich, Lisa zu beruhigen. Ab und zu mauzte sie, sah aber auch zugleich neugierig um sich.

Und endlich zu Hause angekommen, ging das zaghafte Erobern ihrer neuen Welt weiter. Sie wirkte so winzig klein in dem großen Haus. Die Züchterin hatte uns ein paar Tipps gegeben, vor allem auch für ihre Katzentoilette. Die stand im Keller, aber es war ein offener Bereich, vom Flur aus ging eine Treppe hinunter. Und da stand das gute Stück, nigelnagelneu, mit frischem Sand aufgefüllt wartete es auf seine Besitzerin. Die ließ sich auch nicht lange bitten, stieg hinein, wühlte den Sand auf und tat, was man darin tun sollte. Wir waren die aufmerksamen Beobachter, ob denn auch alles richtig und passend ist. Vor allem die hohen Stufen der Kellertreppe machten uns Sorgen. Wir hatten Bedenken, ob sie da auch wieder raufkommen würde. Sie war ja nicht mal ein Viertel so groß wie eine einzelne Stufe. Kaum war sie fertig, scharrte sie ein wenig, machte einen Satz und flog regelrecht mit langen Sätzen an uns vorbei die hohen, unüberwindbaren Stufen hinauf und weg war sie. Wir schauten uns nur an und sagten: „Aha!" Das Problem hatte sich also auch gelöst. Lisa war in ihrem neuen Zuhause angekommen.

Es folgten aufregende Zeiten. Mal tobte sie wie verrückt durch das Haus, immer bereit zum Spielen und Jagen, bis sie dann irgendwann irgendwo zusammenbrach und in einen tiefen Schlaf fiel. Mal fraß sie wie ein Tiger, dann wieder ließ sie das Futter den ganzen Tag stehen und wir dachten, sie verhungert.

So verging die Zeit, es wurde Sommer und Lisa immer größer. Schlank und hochbeinig war sie eine würdige Vertreterin ihrer Rasse. So maulig, wie sie am Anfang mit dem Fressen war, so gierig wurde sie mit jedem Monat. Nichts, aber auch gar nichts war vor ihr sicher. Ein Tisch konnte erst fertig gedeckt werden, wenn auch wir saßen. Sie klaute, wo es nur ging. Mein Mann provozierte sie gern. Am Frühstückstisch saß sie immer auf seinem Schoß und mit einem kleinen Würstchen wedelte er dann gern vor ihrer Nase rum. Irgendwann hatte sie dann mal genug von dem dämlichen Spiel, biss blitzschnell in das Würstchen und erwischte auch noch ein Stück seines Fingers. Er kreischte auf vor Schreck und Schmerz, sie erschrak, sprang vom Tisch und nahm dabei auch gleich noch die volle Kaffeetasse mit, worauf sie nochmals einen Schreck bekam und erst mal verschwunden war. Nein, es war jetzt absolut nicht mehr langweilig bei uns.

Ich war dafür, Lisa ein Stückchen Freiheit zu geben. Felix hatte sie schließlich auch gehabt und auch genossen. Mein Mann war dagegen, er hatte Angst um seinen Liebling. Wir hatten Haus und Garten und ich fand es abwegig, ihr die Freiheit zu verwehren. Nach etlichen Diskussionen wollten wir es dann versuchen. Es war ein schöner sonniger Tag, angenehm warm, als ich die Haustür aufmachte. Sofort kam Lisa angesaust. Stoppte kurz, sog die Sommerluft mit ihren Düften ein, die Ohren spitzten sich. Sie nahm alle Geräusche auf, die wir nicht mal ahnten, und tippelte munter die paar Stufen der Treppe runter. Stolz schritt sie mit ihren langen Beinen ihr Reich ab. Es war so schön zu sehen, wie sie sich in Freiheit leicht und unbeschwert bewegte. An Blumen schnupperte, einen Vogel mit einem Satz kurz verfolgte und den Kopf in ununterbrochener Aufmerksamkeit bewegte. Ich hatte das Gefühl, sie scannt ihre ganze Umgebung ab. Obwohl wir immer hinter ihr waren, spielten wir keine Rolle mehr.

Geschickt schlüpfte sie unter dem Zaun hindurch in den Garten unserer Nachbarin, der für Tiere wahrlich ein Paradies ist, ein typischer Bauerngarten. Alles durfte wild durcheinander wachsen und blühen. Ich finde es ja schön, es ist Natur pur, für meinen ordentlich strukturierten Mann aber war es ein totales Chaos. Aber Lisa war begeistert. Man sah es ihr förmlich an. Auf ihren hohen Beinen lief sie munter von Blume zu Blume, immer weiter. Schnuppert da und dann dort. Wir existierten nicht mehr, kein Rufen, nichts hätte sie im Moment zurückgebracht. Die Futterschüssel vielleicht. Sie stromerte durch den fremden Garten und entdeckte die Welt und die Nachbarin. So unter dem Motto, „Ach, da ist ja Christel ...", lief sie zu ihr, kurz die Nase an ihrer ausgestreckten Hand reibend. Dann führte ihre Aufmerksamkeit sie auch schon weiter. „Ach und da ist ja Olaf, den kenn ich doch auch ...", und schon war sie wieder einen Garten weiter, da es keinen Zaun dazwischen gab. Das war zu viel für meinen Mann. Mit großen Schritten durchquerte er die Grundstücke und versuchte, Lisa einzufangen. Was sich nicht so einfach gestaltete; einmal von der großen Freiheit gekostet, war sie nicht so schnell bereit, diese wieder aufzugeben. Auch schien es ein lustiges Spiel für sie zu sein, meinem Mann immer wieder zu entkommen. Ich hatte so meine Bedenken, dass er sie mit dieser Aktion vielleicht immer weiter wegtreiben würde. Da hatte ich eine Idee. Schnell lief ich ins Haus, nahm ihre Futterschüssel, füllte etwas von ihrem Futter hinein und rannte wieder raus, in der Hoffnung, beide noch in der Nähe anzutreffen. Ja, sie waren noch da und spielten weiter das Spiel „Fang mich doch ... fang mich doch ...“. Mit dem Löffel klapperte ich an der Schüssel, Lisa blieb stehen, lauschte ... wieder klappern und dann kam sie aber sowas von angesaust ... Nichts ging eben bei ihr übers Fressen. Ich hielt die Schüssel immer noch in der Hand und ging langsam ins Haus und schnell Tür zu und Gott sei Dank! Natürlich bekam sie diese Sonderration dann auch zu fressen. Es blieb bei diesem einzigen Versuch, ihr ein Stückchen von ihrer Freiheit zu geben. Sie war zu neugierig und kannte keine Gefahren. Vielleicht wäre die Freiheit für sie eine Erfahrung gewesen, für uns mit Sicherheit Unruhe und eventuell schlaflose Nächte. Da hatten wir nun die Entscheidungskraft und sie das Nachsehen. Aber einen kleinen Kompromiss haben wir dann doch gefunden. Eine Katzenleine. Etwas abartig in meinen Augen, aber eine Lösung. Ein paar Wochen später probierten wir es aus – Lisa an der Leine. Ja, sie ließ sich das Ding umlegen und ja, sie ging damit auch raus. Zu Anfang lief sie damit etwas komisch, nicht der unbeschwerte, fröhliche Gang wie in Freiheit. Aber sie ging damit raus, schließlich war ihre Neugier größer als die Abneigung gegen dieses komische Ding. Sie gewöhnte es sich an, eine Runde durch den Garten und um das Haus zu drehen, ich immer hinterher. Sie bestimmte die Richtung, wo Halt, wann Pause, wann in der Sonne liegen und wie lange. Manchmal fragte ich mich, ob nicht ich diejenige war, die an der Leine hing. Und letztendlich endete ihr Rundgang an der Vogeltränke. Dort lag sie dann ganz ruhig hinter ein paar Pflanzen und beobachtete aufmerksam ihre Umgebung. Nichts entging ihr. Die Leine wurde über einen Stab in Nähe der Tränke geworfen, so hatte sie einen kleinen Spielraum. Ich arbeitete dann entweder im Garten in ihrer Nähe oder las ein Buch. Wollte sie wandern, hing ich an der Leine. Und natürlich passierte eines Tages, was passieren musste, ein kleiner Vogel hatte Durst und setzte sich nichts ahnend an der Tränke nieder. Munter nahm er Schluck für Schluck und nahm auch noch gleich ein Bad. Still beobachtete das kleine Raubtier Lisa den Vogel hinter ihrem Strauch. Als ich die ganze Szene bemerkte, war es schon zu spät. Mit einem Satz hatte sie ihn erwischt. Der Vogel hatte keine Chance. Gefährlich brummte sie mich an, als ich versuchte, ihr das Tier aus dem Maul zu nehmen, ich bekam Gänsehaut. Sie zog an der Leine. Ich nahm sie vom Stab und im Stechschritt lief sie auf das Haus zu, Treppe hoch, rein, bis zur Küche und dann fing sie an, den Vogel zu verschlingen. Keine Chance, ihn ihr abzunehmen. Die Federn flogen nur so durch den Raum. Kam ich in ihre Nähe, brummte sie mich wieder warnend an. Natürlich konnte diese Fressaktion nicht gut gehen. So, wie sie den Vogel verschlungen hatte, erbrach sie ihn nach 10 Minuten auch wieder.

Die Zeit vergeht so schnell. Jetzt ist Lisa schon 7 Jahre bei uns und immer noch verspielt wie am ersten Tag. Wenigstens einmal am Tag bekommt sie einen Rappel und saust in einem Affenzahn durch die Wohnung, Kratzbaum hoch und gleich wieder runter oder hinunter in den Keller, wieder hoch und zack in das Körbchen auf dem Kratzbaum. Und sie ist ungemein kommunikativ. Stehe ich am Küchenfenster und eine fremde Katze schleicht durch den Garten und ich rufe „Lisa!" in einem bestimmten Ton ... wo sie auch gerade ist, dann kommt sie angesaust und schaut mit mir aus dem Fenster, bis sie den ungebetenen Gast in ihrem Reich entdeckt. Oh, wie gern würde sie ihm zeigen, wer hier die Herrin ist. Von Fenster zu Fenster verfolgt sie ihn!

Ach ja, und dann ist da noch was. Wer es nie erlebt hat, der weiß nicht, wie schön beruhigend es ist, wenn eine Katze morgens unter die Bettdecke schlüpft, einem die kalten Pfoten in den Bauch stemmt und es sich behaglich schnurrend gemütlich macht. Alle Gedanken stehen dann still, eventuelle Sorgen des beginnenden Tages lösen sich erst mal auf und man genießt nur noch.

So oft denke ich dann an meinen Vater. Er hat immer gesagt, wenn ich als Kind eine Katze haben wollte, „Kommt nicht in Frage. Eine Katze gehört nicht ins Haus. Und dann vielleicht gar noch mit ins Bett nehmen. Das ist unhygienisch!". Punkt, aus und Ende! Sehr viel später, als er selbst dann alt, gebrechlich und einsam war, da konnte er nicht einschlafen, wenn sein Kater Moritz nicht mit in seinem Bett lag und sich in seinen Arm kuschelte.

So ist das Leben. Die Zeiten ändern sich und die Menschen auch.

ICH HABE IHN NIE VERGESSEN

Fast habe ich den großen Hausputz erledigt, alles ist wieder clean und strahlt. Wenn ich es nun auch noch schaffe, den großen Karton anzupacken, der seit meinem Umzug – und das war vor 5 Jahren – immer noch in der Ecke der Kammer steht und darauf wartet, durchgelesen, geordnet und sicher zum größten Teil entsorgt zu werden, dann bin ich heute echt gut. Ich weiß nicht so recht, wie ich meine Motivation wieder auf einen höheren Level heben soll. Da fällt mein Blick auf den Schubkasten, in dem mein Mann unter anderem seine Schokolade versteckt. Vor mir! Aber das ist sinnlos. Ich finde sie immer, wenn der süße Zahn mich packt. Der Gedanke ist noch nicht mal richtig zu Ende gedacht, da wandert auch schon das erste Stückchen in meinen Mund. Ich genieße den Schmelz auf der Zunge, schließe genussvoll die Augen und mache mich nun voll motiviert weiter an meine Arbeit.

Eine halbe Stunde später ist alles gesichtet und zwei Häufchen türmen sich. Entsorgen und nochmal in Ruhe durchschauen. Fast will ich auch den Karton schon in Richtung „entsorgen" stellen, da sehe ich, dass da ganz unten noch ein unscheinbarer Hefter liegt. Mehr gedankenlos nehme ich ihn in die Hand und schlage ihn auf, um ihn im gleichen Atemzug auch schon wieder auf den Haufen „entsorgen" legen zu wollen. Es sind alte Unterlagen aus meiner Jugend, Teenie-Zeiten. Ich blättere kurz durch, muss lächeln über kleine Zettel mit Notizen und beschließe, ihn doch nicht gleich wegzuwerfen. Irgendwann werde ich ihn noch mal ganz in Ruhe durchsehen. Nostalgie, vielleicht bei einem Glas Rotwein. Da rutscht ein Blatt raus und landet auf dem Boden. Ich nehme es auf, drehe es um und setze mich im gleichen Moment auch wieder hin.

Es ist ein Ausdruck aus dem Internet, den ich vor ein paar Jahren mal gemacht, dann in aller Eile im Umzugskarton verstaut und wieder vergessen habe. Im Schneidersitz sitze ich da und starre das Blatt an. Es zeigt das Bild von einem Mann, das so viele Emotionen und Erinnerungen in mir weckt. Und ich spüre wieder diese unendliche Dankbarkeit in mir. Beim Lesen des Textes kommen mir die Tränen. Mit blinden Augen schaue ich auf und meine Gedanken gehen in diesem Moment weit, weit zurück in meine Kindheit.

***

Ich bin vier Jahre alt. Verschwitzt und müde vom Spielen und Toben komme ich die Treppe hochgestürmt, erreiche gerade mal die Klingel und drücke wild drauf. Ich weiß, dass ich wieder viel zu spät bin und Schimpfe bekommen werde. Meine Mutter macht die Tür auf und will auch schon zu einer Tirade ansetzen, da schaut sie mich an und sagt: „Mädel, wie siehst du denn aus, völlig rot im Gesicht. Was hast du wieder angestellt?" Mit gesenktem Kopf schlängele ich mich an ihr vorbei.

Wenig später sitze ich gewaschen und schon im Nachthemdchen am Tisch. Ich habe keinen Hunger und bin müde. Auch mit gutem Zureden bin ich nicht bereit, noch etwas zu essen. Meine Mama bringt mich ins Bett. Fast augenblicklich falle ich in einen tiefen Schlaf. Aber der Schlaf ist unruhig. Ich sehe Bilder, die mir Angst machen. Und mir ist heiß. So schrecklich heiß. Die Bilder in meinen Träumen werden immer aggressiver, ich weine. Meine Mama sitzt an meinem Bett, die Hand auf meiner Stirn. Ich höre, wie sie zu meinem Papa sagt, „Bring das Thermometer, das Kind ist ganz heiß". Wieder ziehen mich die Träume in ihren Abgrund. Das Nächste, was ich wahrnehme, ist ein Auto. Kurz komme ich zu mir. Ich bin in einem Auto. Ich kenne das Gefühl. Manchmal durfte ich bei Onkel Heinz im Auto mitfahren. Wir hatten kein Auto. Und ich nehme auch meine Mama wahr, sie streichelt mich und hält meine Hand. Langsam beruhige ich mich. Wenn Mama da ist, ist alles gut. Das Auto fährt uns bis nach Berlin. Zu Hause sind alle Krankenhäuser voll, die Kinderlähmung ist ausgebrochen. Immer wieder nehmen mich wilde Träume gefangen, die Wirklichkeit verschwimmt. Es folgt eine lange Zeit, an die ich keine Erinnerung mehr habe. Nur manchmal komme ich zu mir, dann liege ich in einem großen Gerät und dann geht das Atmen auf einmal so leicht, dass ich mich fast wohl fühle. Sehr viel später wird meine Mutter mir erzählen, dass ich unter der „Eisernen Lunge" gelegen habe. Ich weiß nicht, wieviel Zeit vergangen ist. Durch die Krankheit habe ich jedes Zeitgefühl verloren. Es geht mir besser und die Schwester im Zimmer sagt zu mir: „Schau, da am Fenster steht deine Mama." Aber ich kann sie nicht sehen. Ich habe keine Kraft, mich aufzurichten.

Jeden Tag wird versucht, mich mit einem kleinen Löffel voll Flüssigkeit zu füttern. Doch die Flüssigkeit läuft mir aus dem Mund, ich kann nicht mehr schlucken. Ich habe eine Schlucklähmung. Immer wieder versuchen es die Schwestern, jeden Tag aufs Neue. Und das manchmal mehrmals am Tag. Meine Mama darf durch ein Fenster zuschauen. Es heißt nun, dass ich wieder gesund bin und nach Hause kann. Die Krankheit, die man Kinderlähmung nennt, ist überstanden, ich habe sie überlebt. Aber ich werde mein Leben lang künstlich ernährt werden müssen, so die Diagnose. Es würde wohl so bleiben.

Doch nichts ist endgültig auf dieser Welt, keine Diagnose, keine Prophezeiung. Es kam ein Morgen, kurz vor meiner Entlassung, der alles noch einmal verändern sollte. Meine Mutter schaut wie jeden Tag durch die Fensterscheibe. Sie hatte sich längst ein kleines Zimmerchen in Berlin genommen, um so oft und so lange wie möglich in meiner Nähe zu sein. Auch wenn sie mich nur durch die Fensterscheibe sehen konnte. So sah sie dann auch an einem Tag kurz vor meiner Entlassung, wie ich wieder wie immer vor der künstlichen Ernährung einen Löffel mit der Flüssigkeit bekam ... und noch einen Löffel und einen dritten und einen vierten ... und dann ließ die Schwester alles fallen, rannte raus und zurück kam nach geraumer Zeit die ganze Ärzteflotte ins Zimmer gestürmt, um das Wunder zu bestaunen. Das Kind konnte wieder schlucken, die Lähmung hatte sich wie durch ein Wunder aufgelöst. Meine Mutter sagte später oft: „Es war die Gnade Gottes! Ich habe noch nie so viel gebetet, wie in dieser Zeit." Ja, Gott hatte es scheinbar gut mit mir gemeint und dafür lebt auch heute noch eine tiefe Dankbarkeit in mir. Wenn auch Mephisto, sein Gegenspieler, doch noch einen Trumpf im Ärmel hatte. Als ich wieder laufen lernte, zeigte sich, dass der Muskel, der den Fuß hochzieht, ausgefallen war. Er war gelähmt, der Fuß hing etwas runter. Aber das war erst mal das kleinere Übel. Ich wurde als gesund aus der Klinik entlassen, konnte laufen, auch wenn ich leicht stolperte und etwas hinkte. Meine Mama brachte mich wieder nach Hause.

Mit hohen, hässlichen orthopädischen Schuhen und einer Schiene ging mein Leben weiter. In Cottbus versuchte man eine Muskelverpflanzung, die leider nicht gelang. Nun musste ich fast in jedem Jahr in den Sommerferien ins Krankenhaus, mal nach Dresden, mal nach Cottbus. Unter Narkose wurde der Fuß geradegerichtet und dann eingegipst. Mit dem Gehgips konnte ich dann wieder nach Hause. Man wollte so verhindern, dass mein Fuß sich verformt und eventuell ein Klumpfuß daraus wird. Was das alles bedeutete, verstand ich damals nicht so wirklich. Ich habe die Krankenhäuser gehasst und wenn wieder ein Sommer kam und ein Aufenthalt bevorstand, gab es Tage davor schon entsetzliche Heulszenen. Im Rückblick frage ich mich manchmal, wie meine Mutter das durchgehalten hat. Aber ich wurde größer, es kam die Schlaghosenmode auf und auf einmal sah man von meinem Handicap nicht mehr viel.

***

Es war kurz nach meinem 16. Geburtstag, als ich ihm das erste Mal begegnete. Er war Orthopäde und seit einem Jahr bei uns in der Stadt. Ich musste ihm vorlaufen, er prüfte Röntgenbilder und kam zu dem Schluss, dass eine Operation sehr erfolgver-

sprechend sein könnte. Und so wurde alles für die nächsten großen Ferien geplant, die schon dicht vor der Tür standen. Ich war
aufgeregt, voller Hoffnung, hatte aber auch Angst. Im Sommer
vor den Ferien verabschiedete ich mich von meinen Freundinnen, als würde ich nicht mehr zurückkommen. Sie versprachen
noch, mich zu besuchen, und schon liefen wir alle auseinander.
Ich trottete langsam nach Hause.

Eine Woche war ich noch zu Hause, dann wurde die kleine
Reisetasche gepackt und wir fuhren mit dem Bus in das kleine Krankenhaus im Nachbarort, wo Dr. Lehmann eine Station
hatte. Meine Mutter hielt mir noch einen Vortrag, dass es nur
zu meinem Besten sei und ich doch auch wieder mit normalen
Schuhen laufen wolle ... Sie erreichte mich in diesem Moment
nicht wirklich. Aber es kam wieder alles ganz anders.

Es waren zwei Tage, seitdem ich im Krankenhaus war, alle
Untersuchungen waren abgeschlossen und ich bereit für die
OP, da kam Dr. Lehmann am Morgen des entscheidenden Tages zu mir ans Bett. Er verkündete mir, dass es mit der Operation leider nichts werden könne, da man ihm alle Assistenzärzte gestrichen hatte. Sehr viel später erfuhr man dann, dass
dieses Spiel öfters mit ihm und seinen Patienten gespielt wurde. Man wollte ihn nicht. Heute denke ich, er war einfach zu
gut für diese Klinik und es war vielleicht auch Neid oder Ei-
fersucht auf sein Können.

Dr. Lehmann war ein sehr großer, stattlicher Mann mit breiten
Schultern und einem energischen Gesichtsausdruck. Viel später
erinnerte er mich an eine der griechisch-römischen Skulpturen.
Er war sicher in seinem Auftreten und in seinen Diagnosen. Er
wusste immer, welcher Weg, welche Operation für seinen Patienten richtig war. Seine Patienten liebten ihn, aber nicht alle
Kollegen mochten ihn. So wurde meine OP am festgesetzten
Tag einfach boykottiert, indem man ihm im letzten Moment
alle Assistenzärzte abzog für eine andere Operation. Die Operation musste verschoben werden. Sie sollte nun in den nächsten Sommerferien stattfinden, in Dresden, in einem schönen,
neuen Krankenhaus, wohin er schon eine Berufung bekommen

hatte. So schnell alles erklärt war, so schnell hatte ich auch schon meine Sachen gepackt und war draußen. Und das Glück war auf meiner Seite, ich fand auch jemanden, der mich im Auto mitnahm. Ich war happy. Und das nächste Jahr war ja noch so unendlich weit entfernt ...

Was habe ich diese Sommerferien genossen! Die beste Freundin meiner Mutter lud mich ein, zwei Wochen mit ihnen am Briesensee zu verbringen. Sie hatten drei Kinder und wir alle waren damals ein Kick und Ei und haben viele wundervolle Tage am Briesensee verbracht. Die Schiene und die hässlichen Schuhe blieben in der hintersten Ecke im Zelt liegen. Die Tage waren heiß und die Nächte warm. Es waren Tage in einer unendlichen Freiheit. Es war der Sommer, in dem zum ersten Mal eine süße, unerklärliche Sehnsucht in mir erwachte. Die Sehnsucht nach dem Leben, die Sehnsucht nach der Liebe. Fast jeden Abend haben wir am Lagerfeuer gesessen. Tanja, meine Freundin, hat Gitarre gespielt, Lutz, ihr Bruder, Banjo und Vater Schulze ab und zu Akkordeon. Und dazu wurde gesungen. Die Funken des Lagerfeuers flogen hoch in den nächtlichen Sternenhimmel und verloren sich in der Unendlichkeit. Mit ihnen stiegen unsere ersten Träume und Sehnsüchte nach dem Leben zum Universum hinauf, begleitet von Tanjas spröder, leiser Stimme, wenn sie zur Gitarre sang. Irgendwie spürten wir damals schon, dass wir bereit waren. Bereit für diese große abenteuerliche Reise, die man das Leben nennt. Und da war dann ER, ein junger Bursche, fröhlich und unbeschwert. Seinen Namen habe ich längst vergessen, so wie er sicher auch den meinen. Aber in meiner Erinnerung sehe ich ihn heute noch manchmal vor mir. In einer dieser verträumten Nächte bekam ich meinen ersten Kuss. So romantisch, wie man sich das nur vorstellen kann ... und doch war es auch etwas ernüchternd. Wie oft hatte ich es mir ausgemalt, in meinen Träumen ... Aber die Erinnerung daran ist geblieben, ein Leben lang. Noch heute denke ich manchmal an ihn, es war der erste Hauch der Liebe, der mein Leben streifte. Aber auch die schönste Zeit geht einmal zu Ende und wir fuhren wieder nach Hause.

Die Schule begann und ehe ich mich versah, war das Jahr vorbei. Wieder begann ein Sommer, wieder die großen Ferien und wieder verabschiedete ich mich von meinen Freundinnen, als würden wir uns nie wieder sehen. Es war der Sommer, in dem ich 17 wurde, braungebrannt von der Sonne. Der Sommer war heiß. Es war ein schönes neues Krankenhaus. Die Zimmer waren klein, meist Zweibettzimmer und sehr hell. Aber das machte es auch nicht besser, es war und blieb: ein Krankenhaus. Die ersten beiden Tage vergingen mit Untersuchungen. Dr. Lehmann erklärte mir, was er machen würde und dass ich dann nach gelungener Operation keine Schiene und keine orthopädischen Schuhe mehr tragen muss. Diese Worte klangen wie aus einem Traum. Ich beschloss aber, mich erst zu freuen, wenn alles vorbei und auch gelungen war. Doch im tiefsten Herzen vertraute ich ihm ohne Ende. Wenn jemand mir helfen konnte, dann ER. Man erzählte sich die seltsamsten Geschichten über ihn. So soll er als diensthabender Arzt zu einem Verkehrsunfall gerufen worden sein. Ein Mann in angetrunkenem Zustand war überfahren worden. Dr. Lehmann hat, so erzählte man sich, sein abgetrenntes Bein auf der Straße eingesammelt und hat ihn im Krankenhaus wieder zusammengeflickt. Ob die Geschichte so stimmt, weiß ich nicht, aber ich habe diesen Mann auf der Station kennengelernt. Es gab ihn also wirklich. Beide Beine waren wieder dran und er fuhr in einem kleinen Rollstuhl über die Flure der Station. Wir haben manches Mal geplaudert, aber ich hatte mich nie getraut, ihn zu fragen. Wie auch immer, in allem, was man sich erzählt, ist ja oft ein Körnchen Wahrheit.

Am nächsten Morgen fuhr man mich dann relativ fröhlich in den OP. Alles ging schnell, jeder wusste, was zu tun ist. Ich erinnerte mich noch kurz an die abscheulichen Äthernarkosen aus meiner Kindheit. An jenem Tag aber gab es eine Spritze in den Arm. Ich schwatzte noch mit dem Oberarzt, der sehr nett und ein schöner Mann war – da spürte ich schon, wie die Wirklichkeit sich mir entzog und ich noch etwas ... sagen ... sagen wollte ... und dann schlief ich ein. Tief und fest. Was für eine Erfindung, so eine Narkose.

Als ich wieder zu mir kam, war die Welt nicht mehr wie vorher. Schmerzen ohne Ende, das Bein im Gips und der Gips durchtränkt mit meinem Blut. Noch hielten mich die Nachwirkungen der Narkose gefangen, immer wieder schlief ich ein, aber die Abstände wurden immer kürzer. Dann kam die Nacht. Der Schmerz wurde immer stärker und irgendwann hielt ich es nicht mehr aus und drückte die Klingel. Nach ganz wenigen Minuten schon öffnete sich die Tür und es kam – der nette, hübsche Oberarzt. Er hatte Nachtdienst. Leicht lächelnd fühlte er meinen Puls, die Stirn und ging wieder hinaus. Minuten später kehrte er zurück, zog einen kleinen Wagen hinter sich her und machte es sich am Fußende auf meinem Bett bequem. Dann fing er an, den Gips entlang des Schienenbeins zu spalten. Die Schwellung war zu stark geworden. Und dabei plauderte er mit mir. Heute weiß ich, dass er mich ablenken wollte. Und ja, vielleicht war auch ein bisschen flirten mit dabei. Ich war 17, jung und unerfahren. Er fragte mich, ob ich schon mal geküsst wurde. Bei diesem leichten Geplauder vergaß ich meinen brennenden Schmerz und habe ihn von diesem Augenblick an verehrt. Bei den täglichen Visiten lächelte er mir oft auf eine besondere Art zu – so jedenfalls meine Einbildung.

Nach dieser Nacht wurde es langsam mit jedem Tag besser. Nach 4 Wochen durfte ich mit einem Gehgips nach Hause. Nach weiteren 4 Wochen sollte dann der Gips endlich abgenommen werden.

Ich musste wieder ins Krankenhaus und war aufgeregt und voller Erwartungen. Jetzt sollte ich wieder normale Schuhe tragen können. Ich war einfach nur happy. Nur noch den Gips abnehmen und dann konnte mein neues Leben beginnen.

Und es war wieder der hübsche Oberarzt, der mit der Gipsschere auf mich wartete. Er fragte mich, wie meine Ferien gewesen sind und wie mein Leben nun weitergehen würde. Dabei machte er sich an meinem Gips zu schaffen. Schnitt ihn mit der Gipsschere mit einiger Mühe auf, nahm die obere Hälfte ab – und da spritzte auch schon das Blut. Mein Blut! Alle schauten entsetzt, was war passiert? Die Wunde nicht verheilt? Was war schiefgegangen? Ganz einfach – mein geliebter Oberarzt hatte mir mit der Gipsschere nicht nur den Gips, sondern auch etwas Haut von meinem Fuß aufgeschnitten. Entsetzen auf allen Seiten und warum hast du denn nichts gesagt. Warum? Wie oft bin ich als Kind gescholten worden, wenn ich beim Gipsaufschneiden mein Bein weggezogen oder geschrien habe, wenn die Schere am Knöchel vorbeiging. Wer jemals eine Gipsschere gesehen hat, der weiß, warum. Aber niemals hätte ich vor meinem Oberarzt Schwäche oder Schmerz gezeigt! Ja, und nun waren alle um mich bemüht und der Oberarzt fand sich vor Bedauern und Entschuldigungen nicht wieder. Dass sich alle nun so um mich bemühten, allen voran der Oberarzt, das tat meinem Teenagerherzen so richtig gut und war es fast wert, auch ein bisschen zu leiden. Es war ja nicht wirklich etwas passiert. Ein kleiner Riss ... die Narbe ist heute noch da. Und manchmal, wenn ich sie sehe, denke ich an ihn und muss lächeln.

Noch einige Male war ich bei Dr. Lehmann zur Konsultation. Ich habe nach dieser Operation mein Leben gelebt und genossen. Auch wenn heute, nach 50 Jahren, manches nicht mehr so geht ... ich habe nie vergessen, wie es mal war, wie es sich damals mit 17 anfühlte und wie diese Operation mein Leben verändert hat.

Ich halte immer noch das Blatt in der Hand. Es ist die Todesanzeige von Prof. Dr. Lehmann. Zu dem Zeitpunkt vielleicht 3 Jahre her. Das große Foto, das ist immer noch ER. Die Anzeige ist eine ganze A4-Seite lang und sehr liebevoll geschrieben. Beim Lesen war auf einmal alles wieder da. Mein Kummer vor der OP wegen meines Handicaps, die Schmerzen danach, aber auch, was ich ihm zu verdanken habe. Aus der Anzeige lese ich, dass es noch sehr viele Menschen gegeben haben muss, denen er so helfen konnte, wie mir ... vielleicht sogar mehr. Er war nicht nur ein guter Arzt, er hatte auch eine Gabe. Eine Gabe, die man nicht erwerben oder erlernen kann. Man hat sie oder man hat sie nicht! Er hatte sie! Er hat immer gewusst, was zu tun ist, was richtig ist für seine Patienten. Noch zwei, drei Jahre habe ich mich damals bei ihm vorstellen müssen und dann ging er weg.

Aber hätte ich jemals wieder ein Problem gehabt, ich wäre ihm überallhin gefolgt.

Auf dem Foto der Anzeige, das war immer noch ER. Trotz der vielen Jahre, die inzwischen vergangen sind. Ja, natürlich älter, aber wie damals markant, energisch und sehr kraftvoll.

Diese liebevollen Zeilen in der Anzeige haben mich zutiefst berührt und die Erinnerungen an diese Zeit wieder wachgerufen, als wäre alles erst gestern gewesen.

Von ganzem Herzen Danke lieber Prof. Dr. Lehmann und eine gute Reise!!!

DIE NACHT VOR DEM HEILIGEN ABEND

Weit oben im Norden Europas verbirgt sich ein blaues Labyrinth aus glitzernden Seen, Inseln und üppigen Wäldern. Kurz ist dort der Sommer und zeitig hält der Winter mit Eis und Schnee seinen Einzug. Es ist das Land der Lappen, der Wölfe und Eisbären. Eine stille Ruhe liegt über den weiten, weißen Ebenen.

Doch diese Ruhe ist trügerisch. In dem kleinen Städtchen Tromsö, bevor die weiße Stille des Schnees und die weite Einsamkeit der Unendlichkeit beginnen, herrscht wenige Stunden vor dem Heiligen Abend Geschäftigkeit.

Menschen eilen durch die kleinen Straßen und Gassen, um da oder dort schnell noch eine Kleinigkeit für das Fest zu kaufen, Touristen kehren von ihren Ausflügen heim, beeindruckt vom faszinierenden Spiel der Nordlichter. Im Krämerladen an der Ecke wird schon der Laden ausgefegt und langsam lässt der alte Jonas die Jalousien zur Hälfte runter. Das Licht der Sterne funkelt am dunklen Nachthimmel und zeigt den Menschen den Weg nach Hause.

Bei den Mäkinens wird gerade der Tisch abgeräumt, die Mutter spült schnell die Teller ab und bringt die Kinder ins Bett. Mara und Kimi, die beiden Kleinen, sind so aufgeregt, dass sie keine Ruhe finden können. „Mutter, sag, wann kommt Knecht Ruprecht?" „Und weißt du schon, was er uns bringen wird?", fragte der kleine Kimi ganz aufgeregt. „Und wie wird er uns finden? Und wenn er nun mit seinem Schlitten an unserem Haus vorbeifährt?" „Nein", sagte Mara, die ältere Schwester. „Er weiß ganz genau, wo wir wohnen, nicht wahr, Mutter?" Ganz so sicher ist auch sie sich nicht, aber sie ist schließlich zwei Jahre älter als ihr Bruder und kam sich doch schon recht groß und erwachsen vor.

Die Mutter bindet ihre Schürze ab, nimmt ein kleines Buch zur Hand und sagt: „Nun kommt, Kinder, legt euch hin und wenn ihr mir versprecht, ganz schnell einzuschlafen, dann lese ich euch noch eine Geschichte vor." Wie auf Kommando strecken sich die beiden aus und die Mutter beginnt. „Es war einmal vor sehr, sehr langer Zeit. Da lebte ein alter König ..." Sie hatte gerade mal die Hälfte der Geschichte vorgelesen, da war der kleine Kimi auch schon eingeschlafen und auch Mara fielen langsam die Augen zu. Die Mutter schließt das Buch und steht leise auf. Liebevoll streicht sie den beiden nochmal über die Wangen, küsst sie leicht auf die Stirn und löscht das Licht. Lächelnd geht sie aus dem Zimmer. Eine friedliche Stille liegt über dem Haus und die Kinder träumen ... Sie träumen von Weihnachten und von den vielen Geschenken. Kimi fährt im Traum mit seiner neuen Eisenbahn und begegnet auf seiner Reise Knecht Ruprecht mit seiner Rentierherde und den Schlitten voller Geschenke. Und Mara lässt die Figuren aus ihrem neuen Märchenbuch, das hoffentlich unter dem Weihnachtsbaum liegen wird, Wirklichkeit werden.

Ganz anders weit oben im Norden, da wo der Himmel ganz nah ist und das ewige Eis das Land beherrscht. In bizarren Farben zucken die Polarlichter über den Himmel, scheinen die Erde kurz zu berühren, um dann schon wieder dem nächsten Licht Platz zu machen. Ein funkelndes Schauspiel, ein nicht enden wollender Tanz der irisierenden Lichter. Es ist die weite, einsame Welt der Lappen, eines Volkes, das in diesen kalten Weiten zu Hause ist.

Hier hat auch Knecht Ruprecht mit seiner großen Herde der Rentiere zur Weihnachtszeit sein Quartier aufgeschlagen. Hier bereitet er alles für die Reise zu den Menschen vor, um vor allem den Kindern Freude und Geschenke zu bringen. Er ist schon alt, der Knecht Ruprecht. Selbst kann er die Jahre gar nicht mehr zählen, die auf seinem Rücken lasten. Aber immer, wenn Eis und Schnee das Land fest im Griff hatten und die Polarlichter hoch am Himmel besonders hell tanzten, dann hörte er das Lachen der Kinder und er sah ihre strahlenden Augen in seinen

Gedanken. Und dann sammelte er wieder seine Rentierherde zusammen und schnürte die Geschenke auf den alten Schlitten fest. So sollte es eigentlich auch heute sein. Die Schlitten waren voll beladen, fast geht nichts mehr rauf, nur sein Platz vorn auf dem Kutschbock ist noch leer. Nun läuft er schon zum dritten Mal seine Herde ab und zählt durch ... es bleibt dabei, zwei fehlen. Er kann es nicht fassen, das hatte es noch nie gegeben! Noch nie in all den Jahrhunderten. Immer waren sie alle vollzählig da, wussten sie doch, wie wichtig ihre Aufgabe war, und sie freuten sich das ganze Jahr darauf. Die Kinder zu enttäuschen, das hätten sie alle niemals fertiggebracht. Und die Reise zu den Kindern war lang. Sie würden diese Nacht und den halben Tag darauf brauchen. Und je öfter er seine Herde durchzählte, umso knapper wurde die Zeit. Aber ohne die zwei konnte er nicht fahren. Sie waren seine stärksten und wichtigsten Rentiere. Alles hatte seine Ordnung seit jeher und musste so sein. Also stiefelte er wieder nach vorn und zählte ein viertes Mal.

Weit weg von der großen Herde und weit weg von dem Herrn bewunderten zwei andere Wesen ebenfalls den Tanz der Polarlichter und tanzten dazu ihren eigenen Tanz. Es war ein bizarres Bild, es schien nicht von dieser Welt zu sein.

Das Rentier Rudolph tänzelte um eine wunderschöne Rentierfrau und immer wieder neigte er tief seinen Kopf mit dem riesigen Geweih vor ihr. Oh Gott, er war so verliebt, dass er einen heiseren Ruf nach dem anderen in die weite Nacht hinausstieß, wenn sie sich ihm näherte. Jeden anderen hätte er kühl verspottet. Doch jetzt hatte es ihn selbst gepackt. Er war verliebt. Schnell lief die schöne Dame ihm davon, doch schon mit wenigen Sprüngen hatte er sie wieder eingeholt. Scheinbar abweisend drehte sie sich von ihm weg, um sich dann doch wieder für ein paar Zärtlichkeiten ihm zuzuwenden. Dieses Spiel spielten sie nun schon seit Stunden, ohne dessen müde zu werden. Leise flüsterte er ihr etwas ins Ohr, sie senkte verschämt den Kopf, um ihn dann stolz in die Höhe zu werfen, sich schnell vor ihm aufzurichten, so als wollte sie ihm ihre ganze Schönheit und Kraft zeigen. Dann nahm sie elegant eine Kurve und lief mit grazilen Sprüngen vor ihm her. „Dieses Weib bringt mich um den Verstand“, schnaubte Rudolph verzweifelt und setzte ihr nach. Da blieb sie plötzlich stehen, fast hätte er sie überrannt. „Das ist meine Stunde“, dachte er und drängte sich heiß an sie. Fast war er schon erstaunt, dass er auf einmal so leichtes Spiel haben sollte. Aber sie wich ihm aus. Lauschend hielt sie immer noch den Kopf erhoben und ihre Ohren zuckten. „Hörst du es nicht, Rudolph?“, fragte sie ihn. Er sah sie nur verliebt und auch etwas naiv an, blind für seine Umwelt und nun scheinbar auch taub für die Geräusche dieser Nacht. „Hörst du es nicht?“, fragte sie erneut. Nun hob auch er den Kopf und lauschte in die eisige Nacht. Seine Ohren drehten sich in alle Richtungen. Ganz fern hörte er die Rufe ihres Herrn, die Rufe von Knecht Ruprecht. Er schien wütend und traurig zugleich zu sein. Aber da war noch etwas anderes. Da war noch ein Geräusch, viele Geräusche auf einmal. Er wusste nicht gleich, was es war und spannte seine Lauscher an. Und dann kam er drauf: Es war Kinderlachen, das Lachen von Kindern, von vielen Kindern. Aufgeregt schienen sie sich immer wieder was zu erzählen und sie lachten und freuten sich auf die vielen Geschenke und auf das Fest am nächsten Tag. Erst vereinzelt und dann wurde es immer mehr und deutlicher, dieses glückliche Lachen. Die schöne Rentierfrau stupste ihn an, denn auch sie hatte es vernommen. „Wir haben sie vergessen, Rudolph … Wir haben die Kinder vergessen“, sagte sie und senkte traurig ihr schönes Haupt. „Wen haben wir vergessen?“, fragte Rudolph etwas dümmlich. „Die Kinder, Rudolph. Die Kinder. Morgen ist Weihnachten und sie werden vergeblich auf ihre Geschenke warten. Wir haben nur an uns gedacht und die Kinder vergessen. Ohne uns schafft Ruprecht den weiten Weg nicht.“ Sie schaute ihn ratlos und traurig mit ihren großen runden Augen an.

Doch nun war es Rudolph, der sich zu seiner vollen Größe aufrichtete, den Kopf mit dem schweren Geweih in den Nacken warf, und ihr zurief: „Komm! Noch ist es vielleicht nicht zu spät, wenn wir uns beeilen, dann holen wir die Herde ein“, sagte er und setzte sich auch schon mit großen, kräftigen Sprüngen in Bewegung. Sie folgte ihm gewandt und schnell und wie ein Schneesturm flogen sie durch die weiße Landschaft. Nur die Polarlichter wiesen ihnen tanzend den Weg. Aber der Weg war tückisch. In ihrer Eile und dem Bestreben, den Anschluss an die Herde nicht zu verpassen, kürzten sie den Weg ab und liefen querfeldein. In der Nacht zuvor hatte es heftig geschneit und ein böiger Nordostwind hatte den Schnee vor sich hergetrieben. Gefährliche Verwehungen waren entstanden. Das machte Rentieren normalerweise nichts aus. Sie waren eins mit dieser rauen und wilden Natur. Aber die beiden waren besessen von dem Gedanken, noch rechtzeitig zu ihren Gefährten zu gelangen, bevor diese sich aufmachten zu den Siedlungen und Städten der Menschen. So flogen sie, einem Schneesturm gleich, durch die Nacht und achteten nicht auf die Gefahren der Natur.

Auf einmal ein erschrockener, dumpfer Schrei und dann war Stille. Eine unheimliche Stille. Rudolph vernahm es, aber registrierte es nicht gleich. Dann stoppte er ab, blieb stehen, drehte sich um und sah ... nichts. Nur die Polarlichter tanzten weiter ihren Tanz, schön und unwirklich wie immer. Er warf seinen Kopf in den Nacken und stieß einen lauten Ruf aus. Es antwortete wieder nur die Stille. Diese unheimliche Stille. Eine eisige Kälte kroch in ihm hoch. Was war passiert? Noch während er so dastand, hörte er auf einmal ein Geräusch. Es war nicht laut, aber er kannte es. Wenn die Tiere des Nordens es hörten, dann mieden sie diese Stellen im Winter. Es war berstendes Eis tief unter dem Schnee, wenn warme Quellen weit unter der Oberfläche Eis und Schnee mürbe machten. Vorsichtig näherte er sich dem Geräusch. Und dann sah er es. Sah er sie. Ihr stolzes Geweih ... und er sah, wie sie kämpfte, um sich zu befreien, doch ihre Vorderläufe fanden nicht genug Halt. Hoch bäumte er sich auf. Alles, aber nur nicht das! Nicht SIE! Er lief vorsichtig auf sie zu, Schritt für Schritt. Als er dicht genug an sie herangekommen war, verharrte er. Langsam reckte er seinen Oberkörper weit vor, senkte sein Haupt mit dem riesigen Geweih zu ihr. Vorsichtig bedacht, um nicht selbst in allzu große Gefahr zu geraten, verkeilte er sein mächtiges Geweih in das ihre, hielt sie so fest und richtete sich dann ganz langsam, aber mit all seiner Kraft auf. Schritt für Schritt, Stück für Stück ging er rückwärts. Ganz langsam, damit nicht noch mehr Eis brach und er ihr nicht wehtat. Auch sie wusste, in welcher Gefahr sie sich befanden. Glücklich, dass Rudolph da war, versuchte sie, wieder festen Boden unter ihre Hufen zu bekommen. Doch es war schwierig. Und dann bäumte Rudolph sich mit einem kräftigen Satz auf, zog sie langsam, langsam immer weiter in die Höhe, immer noch sein Geweih mit dem ihren fest verbunden. Mit letzter Kraft ging er Schritt für Schritt weiter nach hinten … Nochmal ein vorsichtiger, kräftiger Ruck und dann hatten sie es geschafft. Sie war der Falle entkommen. Erschöpft sanken beide in den Schnee. Sie war gerettet. Wärme umgab sie auf einmal. Rudolph hatte sich tief zu ihr niedergebeugt und die Wärme seines Körpers belebte sie wieder.

Rentiere sind Kinder dieser rauen Natur und die Kunst des Überlebens ist ihnen angeboren. Doch es überlebten nur die stärksten, so wollte es die Natur. Sie wussten nun, sie waren einander ebenbürtig, sie waren füreinander bestimmt. Stolz richtete sich die Rentierfrau nach der kurzen Pause auf. Liebevoll sah sie ihn mit ihren schönen Augen an, legte nochmal ihren Kopf sanft an den seinen und schon setzten die beiden in langen Sprüngen ihrer Herde nach. Es war Weihnachten und sie durften die Kinder nicht enttäuschen. Der Weg war noch weit.

Knecht Ruprecht war nur langsam vorwärtsgekommen. Seine beiden kräftigsten und wichtigsten Rentiere fehlten. Es wäre das erste Mal seit Jahrhunderten, dass er nicht rechtzeitig mit seiner Herde und den Geschenken zu den Kindern kommen würde. Da ertönte von weither der tiefe, kräftige Ruf von Rentieren. Ruprecht zog die Zügel an und die Herde hielt. Weit in der Ferne war eine Schneewolke zu sehen, die sich ihnen geschwind näherte.

Und dann standen sie vor ihm. Die beiden kräftigsten und schönsten Rentiere, die er je gehabt hatte. Ruprecht wollte etwas sagen. Sie zurechtweisen ob ihrer Unzuverlässigkeit, ihrer Abwesenheit von der Herde … Doch dann sah er in die Augen der schönen Rentierfrau. Dort sah er Liebe, aber auch Trauer und Leid. Sie neigte leicht ihren Kopf vor ihm, richtete ihn aber sogleich stolz wieder auf. „Herr, wir wollen doch die Kinder nicht warten lassen … wir sind bereit, dir zu folgen, wohin du uns führst", sagte sie und reihte sich in die Herde ein, da wo ihr Platz war.

Knecht Ruprecht schüttelte seinen grauen Kopf, nickte zustimmend und sprang wieder auf seinen alten Kutschbock. Rentier Rudolph nahm seinen Platz ganz vorn ein, um die Herde zu führen. Laut knallte die Peitsche durch die eiskalte Nacht und schon flogen die Schlitten mit den vielen Geschenken durch Nacht und Schnee. Die Herde war wieder komplett, so wie es sein sollte nach den uralten Gesetzen hoch oben im kalten Norden. Diese Nacht und einen halben Tag würden sie noch unterwegs sein und dann endlich die Geschenke zu den Kindern bringen.

Schön und voller Geheimnisse begleiteten die Polarlichter sie. Fast schienen sie fröhlicher als je zuvor über den weiten, unendlichen Sternenhimmel zu tanzen. Sie hatten viel gesehen in dieser kalten Nacht.

Die Kinder in der kleinen Stadt konnten in dieser Nacht auch nicht wirklich gut schlafen. War es doch schließlich die Nacht vor dem Heiligen Abend. Wann würde Knecht Ruprecht zu ihnen kommen … und würde er überhaupt den Weg vom hohen Norden bis zu ihnen finden? Immer wieder hauchten sie die Scheiben an, damit die Eisblumen auftauten und sie einen Blick hinauswerfen konnten. Denn irgendwann musste Knecht Ruprecht doch zu sehen sein. Es konnte nicht sein, dass er sie vergessen hat. Die ganz Kleinen schliefen längst schon tief und fest. Aber auch Mara wachte nochmal auf. Sie hatte einen seltsamen Traum gehabt. Sie hatte von zwei Rentieren geträumt, die weit oben im Norden wunderschön miteinander getanzt hatten. Und einmal war es ihr gewesen, als hätte sie im Traum ihren Namen gehört, so als wenn jemand Hilfe braucht. Aber dann hatte eine wohlige Wärme sie umfangen und sie gespürt, alles ist gut. Und so war sie wieder eingeschlafen.

Dicke weiße Flocken tanzten auch am nächsten Tag durch die kleine Stadt. Und all die größeren Kinder riefen fröhlich: „He, lasst uns einen Schneemann bauen für Knecht Ruprecht! Heute ist Heiligabend und Knecht Ruprecht kommt." Eifrig gingen sie ans Werk.

Als die Dämmerung sich kurz nach dem Mittag über die kleine Stadt senkte, wirbelte ganz plötzlich der Schnee bis hoch zum Himmel hinauf und verdeckte für einen Moment sogar die Sterne. Elegant und schnell fuhr Knecht Ruprecht mit seinen Schlitten durch die Straßen der kleinen Stadt, nahm jede Kurve haarscharf. Fröhlich hielt er an jedem noch so kleinen Haus und verteilte die Geschenke an Groß und Klein. Auch Mara und Kimi warteten, gespannt, was er ihnen wohl bringen wird. Ihre Wünsche wurden erfüllt. Kimi bekam seine kleine Holzeisenbahn, die im Sommer ihre Kreise durch den kleinen Garten ziehen würde und Mara ihr Märchenbuch. Als sie es aufschlug, war da als erstes eine Zeichnung von einem großen, stolzen Rentier und einer Rentierfrau mit den schönsten Augen Lapplands.

Und wie ein Zauber war er auch schon wieder vorbei, der alte Brauch, der sich jedes Jahr um dieselbe Zeit wiederholte. Noch zog der Duft von Tannengrün, Kerzen und gebrannten Mandeln durch die Lüfte. Ruhe senkte sich über die kleine Stadt. Weit aus in der Ferne stieg eine alte Melodie gegen den Himmel ... „Stille Nacht, heilige Nacht" ... Frieden und Ruhe zogen in die Herzen der Menschen ein.

Rudolf und seine schöne Rentierfrau standen in dieser Nacht noch lange am Polarkreis, schauten auf die tanzenden Lichter, dankbar für die Stille – und für das Leben und die Liebe!

DIE ZEIT

Ein Traum hält mich gefangen, aber ich kann ihn nicht halten. Noch ist es dunkel draußen und alles ganz still. Es ist dieser magische Moment, wo sich Traum und Realität vermischen. Noch bin ich ganz in der irrealen Welt des Träumens, aber ganz leise macht sich schon das Bewusstsein bemerkbar und fordert Beachtung. Wach ich auf oder träum ich noch ... Die Bilder des Traums beginnen zu verblassen und doch sind sie noch da. Das Lachen und die Worte meiner Mutter: „Alles Liebe, Kleines, es ist heute dein Tag." Ich sehe ihr Gesicht, ihre strahlenden Augen, will noch etwas festhalten von dieser Vision, die gerade entschwindet, aber sie entgleitet mir. Draußen singt die Amsel und ich komme langsam in die Wirklichkeit zurück. Was war das gerade? Habe ich geträumt? Es fühlte sich alles so real an, zum Greifen nah. Meine Mutter ist schon so lange nicht mehr und doch war sie eben da. Ich habe ihre Nähe gespürt, ihren Duft, ihre Wärme hat mich umfangen wie früher. Ich kann meine Gedanken noch nicht ordnen. Träum ich noch oder bin ich doch schon wach? Es ist die Zeit zwischen den Zeiten, zwischen Traum und Wirklichkeit. Zwischen Vergangenheit und Gegenwart, zwischen gestern und heute. Ich höre wieder das Lied der Amsel. Und auf einmal klingt es wie: „Alles Gute zum Geburtstag ..." Ein Geburtstagsständchen für mich. Für mich allein. Ich muss lächeln. Ja, ich habe heute Geburtstag. Ich hatte es fast vergessen. Geburtstage bedeuten mir nicht mehr viel. Ich strecke mich etwas und überlege, wie alt bist du jetzt? Siebzig Jahre! Ich muss wieder lächeln und denke, nein, das kann nicht sein. Wo sollen die ganzen Jahre geblieben sein? Mit siebzig waren meine Mutter, mein Vater und meine Tanten schon uralt. Aber ich bin nicht uralt. Ich bin … ja, was eigentlich? Ich fühle mich noch so jung. Und wieder fällt mir meine Mutter ein. Es war auch an einem ihrer Geburtstage, vielleicht sogar auch der siebzigste, dieser irgendwie magische Tag, da sagte sie zu mir: „Weißt du, Jana, irgendwie ist das Leben ungerecht. Wenn ich in mich hineinfühle, dann fühle ich mich manchmal noch so jung, so voller Elan. Dann denke ich, so vieles liegt noch vor mir. Und dann schau ich im Vorbeigehen aus Versehen in den Spiegel und dann steht da eine alte Frau und ich frage, wer bist denn du? Was macht die Zeit mit uns, Jana? Zwischen dem Gefühl und der Wirklichkeit liegen manchmal Welten." Ich habe sie damals nicht verstanden. Sie war meine Mutter und Mütter sind nun mal so viel älter.

Heute … jedenfalls heute Morgen, denke auch ich, was macht die Zeit mit uns? Wo führt sie uns hin? Sie sagt nichts und auf einmal präsentiert sie mir eine Zahl, mit der ich so gar nichts anfangen kann. Im Rückblick gesehen war alles wie ein einziger Tag. Bilder meines Lebens ziehen vor meinem inneren Auge an mir vorbei. Das unbeschwerte Toben und Lachen, als wir noch nicht mal zur Schule gingen. Lernen, aufpassen, Disziplin und trotzdem noch unbeschwerte Schulzeiten. Volontariat, die große Stadt Berlin … ein einziges Abenteuer, ehe richtig bewusst, auch schon vorbei.

Studium, erste Liebe, erster Kummer. Er hieß Günther und war ein fröhlicher Mann. Er war älter und erfahrener als ich. Er nahm mich an die Hand und sagte, komm, ich zeig dir das Leben. Ich bin ihm gefolgt, leicht, mit der Unbefangenheit der Jugend, die man nur einmal im Leben hat. Er führte mich auf Wege, die mir bis dahin noch verborgen waren. Durch warme Sommernächte, weckte Sehnsüchte und Träume in mir. Durch ihn erfuhr ich auch den ersten Schmerz, wenn eine Liebe zerbricht. Dann wieder lernen und Prüfungen, ein Atemzug … und auch vorbei. Arbeit in der Redaktion, dann Pressestelle in einer Organisation, Hofberichterstattung, viele Kontakte, wieder eine große Liebe.

Das Rad der Zeit fing an, sich scheinbar mit jedem Jahr ganz leise immer etwas schneller zu drehen. Die Jahre flogen dahin, obwohl sich im großen Gefüge des Geschehens wenig veränderte. Die Zeit bleibt immer gleich, Sekunde für Sekunde, Minute für Minute, Tag für Tag, Jahr für Jahr. Und doch stehen wir auf einmal da und fragen uns, wo ist sie geblieben, die Zeit? War das mein Leben? War das jetzt alles? Was habe ich daraus gemacht? War es richtig? War es gut? Das Leben führt uns und bringt uns Situationen, für die wir scheinbar reif sind, ob wir wollen oder nicht. Hätte ich eine Wahl gehabt, wie gern hätte ich auf manches verzichtet. Meine Mutter in den Wogen der Alzheimer-Krankheit versinken sehen zu müssen, wie sie mit jedem Tag mehr ihr Selbst verlor, ihre Würde, das war grausam. Sogar ein kleines Kind hatte noch mehr Verständnis als sie in ihren letzten 2 Jahren. Es ist nun so lange her, aber es macht mich immer noch traurig. Und sie ist immer noch da. Ich denke, keiner geht wirklich für immer. Wo wir auch hingehen und wie es dort auch ist, werden wir wohl erst erfahren, wenn die Zeit gekommen ist. Es ist nur eine andere Dimension. Vielleicht eine Ebene zum Ausruhen, um Rückblick zu halten. War es gut, mein Leben, was hätte anders sein können? Vielleicht auch die Zeit, bei manchen Menschen um Verzeihung zu bitten, für Worte, Handlungen, die nicht gut, nicht ehrlich oder wie auch immer waren. Vielleicht wussten wir es damals nicht besser. Was sind das für Gedanken an deinem Geburtstag, denke ich. Draußen wird es langsam heller. Irgendwie möchte ich noch nicht aufstehen. Ich bin immer noch zwischen den Zeiten und es fühlt sich gut an, geborgen. Ich bin all jenen, die nicht mehr sind, sehr nah. Ohne Traurigkeit. Ich fühle mich sogar frei. Vielleicht schlafe ich auch noch und träume … wer weiß. Ich möchte diesen Zauber nicht brechen und doch spüre ich, wie die Wirklichkeit mich einholt, wie die Gedanken sich ihr Recht erobern, mir sagen zu wollen, wie dieser Tag sein sollte, was alles noch zu tun ist. Mein 70. Geburtstag, was macht die Zeit mit uns … nein, ich bin nicht traurig. Es ist alles gut. Gut, so wie es war. Es ist mein Leben und ich liebe es, so wie es ist, in diesem Moment! Und wie Einstein schon sagte:

„Zeit ist nur, was die Uhren messen!" So einfach!

WÖLFE SCHLAFEN NIE

Es war ein schöner Frühsommermorgen. Als der Wecker klingelte, schreckte Anna hoch. Sie drückte ihn schnell aus, zog die Bettdecke um sich und räkelte sich. Sie war müde und wollte sich noch einmal den Traum holen, in dem sie bis jetzt gefangen war. Er war so schön gewesen. Aber ganz langsam schlich sich die Wirklichkeit in ihr Unterbewusstsein. Sie hatte von Paul geträumt. Wie lange hatte sie ihn nicht mehr gesehen, nichts von ihm gehört. Irgendetwas war heute, etwas, das mit ihm zusammenhing ... sie wusste nur nicht genau, was. Die letzten Bilder des Traums hielten sie immer noch gefangen und sie wollte sie nicht loslassen. Es fühlte sich so warm an. Aber da war was ... Und dann, ganz plötzlich war sie hellwach. Paul, das war's! Natürlich! Sie würde ihn heute wieder sehen. Unglaublich! Wie viele Jahre waren vergangen? Anna rechnete. Vier Jahre ... es mussten jetzt vier Jahre sein. Das konnte nicht wahr sein. Und Jana würde sie sehen, ihre kleine Tochter, morgen, wenn Hanna, ihre Schwester, mit ihr nach Westberlin kam. Bei dem Gedanken wurde Anna wehmütig ums Herz. So viel war in den letzten Jahren geschehen. Mit einem Sprung war Anna aus dem Bett, fuhr sich durch ihre wirren Locken, schnappte sich den Bademantel und verließ das Zimmer. Auf dem Flur der kleinen Pension war es still, alle schienen noch zu schlafen, es war Samstag. Auch gut, so hatte sie das Bad für sich allein und konnte in Ruhe duschen und sich auf diesen Tag vorbereiten. Er würde schön werden, das wusste sie, das fühlte sie. Sie ging unter die Dusche und ließ das heiße Wasser über ihre Schultern rinnen. Sie drehte den Hahn heißer ... und noch ein bisschen ... bis das kleine Bad sich mit Wasserdampf füllte, dann stellte sie das Wasser ab. Schnell das Handtuch und schon war sie fertig. Auf dem Flur war inzwischen Betrieb. Mutter Hansen schlurfte über den Gang. „Morgen, Kindchen. Na, schon so zeitig fertig heute? Ach ja, du gehst ja auf Reisen. Wirste deine Kleene mal wieder sehen, wa? Und den Macker, den de nicht vergessen kannst." Sie grinste liebevoll, drückte Annas Arm und schlurfte in die Küche. Anna ging wieder in ihr kleines Zimmer. Es war winzig, aber mehr konnte sie sich im Moment nicht leisten. Sie verdiente zwar nicht schlecht bei der Werbeagentur, aber sie musste sparsam sein. Ab und zu schickte sie Hanna, ihrer Schwester, kleine Päckchen mit Dingen für Jana und Kaffee für Hanna. Hanna liebte Kaffee. Während Anna sich ihr dichtes Haar vor dem blinden Spiegel bürstete, glitten ihre Gedanken wieder in die Vergangenheit. Wie sehr hatte ihr Leben sich verändert. Auch wenn ihre Verhältnisse nicht üppig waren, so fühlte sie sich doch frei und unabhängig, so wie sie jetzt lebte. Weit weg von der Enge und dem Schmutz der Kleinstadt, in der sie geboren und aufgewachsen war. Die Landschaft zerfurcht von Gruben, in denen Kohle abgebaut wurde. Anna hielt inne, die Bürste noch immer in der Hand. Bilder ihrer Jugend stiegen vor ihr auf. Vor neun Jahren hatte sie Will kennengelernt, auf der Hochzeit einer Kollegin. Er war nicht von ihrer Seite gewichen, auf den ersten Blick verliebt in ihre Jugend und ihren Charme. Sie lächelte versonnen in den Spiegel. Er war so viel älter und erfahrener gewesen als sie. Er hatte ihr die ersten Schritte in die große Welt gezeigt, wie man sich kleidet, sich benimmt, hatte sie in teure Restaurants eingeladen und in die Liebe eingeführt. Dass er verheiratet war, hatte sie nicht weiter gestört. Sie war damals so sicher, er würde sich trennen ... irgendwann einmal. Spätestens, als sie mit Jana schwanger war. Aber der Schritt war dann wohl doch zu groß für ihn. Sie hatte es nicht glauben wollen, obwohl Hanna, ihre große Schwester, es ihr immer wieder und wieder gepredigt hatte. Manchmal hatte sie sie dafür gehasst. Aber letztendlich hatte Hanna Recht behalten. Und letztendlich war es Hanna gewesen, die sie dann aufgenommen hatte, als sie das Kind erwartete. Dass Jana, das winzige Baby, dann bei Hanna blieb, sollte so nicht sein. Anna liebte ihre kleine Tochter. Doch ihr Leben war so aufregend und bunt, sie hatte noch so viele Träume und Wünsche ... und dann hatte sie sich immer wieder gesagt, dass Jana bei Hanna viel besser aufgehoben war. Willi, der Mann von Hanna, war Lehrer und hatte Jana auch sofort in sein Herz geschlossen. Und dann gab es da noch Dinge in Annas Leben, über die sie lieber nicht nachdenken wollte. Sie würde nie wieder in ihre kleine Heimatstadt im Osten Deutschlands zurückkehren können. Doch sie verdrängte diese Gedanken. Unwillig blickte Anna in den Spiegel. Der zeigte ihr eine Frau, die das Leben liebte, es genoss und noch so viel erwartete. Und doch wollte sie alles richtig machen. Ach, es war nicht so einfach. Mit einer unwirschen Handbewegung fegte sie die Gedanken weg. Heute war heute. Und heute würde sie nach Westberlin fliegen. Sie würde Paul wiedersehen. Er hatte sie angerufen und ihr gesagt, dass er sie unbedingt treffen müsse. Und sie hatte dann auch sofort mit Hanna telefoniert und sie gebeten, mit Jana auch nach Westberlin zu kommen, zu ihrer gemeinsamen Freundin Edith. Edith und sie, sie waren Freundinnen seit ihrer Schulzeit. Doch Edith hatte sich schon lange vor ihr nach Westberlin abgesetzt und sich eine neue kleine Existenz aufgebaut. Und morgen wollten sie sich bei Edith treffen, Hanna, Jana, und sie. Und schon lächelte sie wieder. Vorfreude spiegelte sich auf ihrem Gesicht und ein glückliches Gefühl stieg in ihr auf. Wie lange hatte sie ihre Tochter nicht gesehen. Oft hatte sie ein schlechtes Gewissen. Eigentlich sollte Jana bei ihr leben, sie war ihre Tochter. Doch das Leben hatte so anders gespielt. Da war die Grenze. Eine Grenze zwischen Anna und ihrer Vergangenheit. Eine Grenze zwischen ihr und ihrem Kind. Es gab eine Zeit, da hatte sie geglaubt, Patriotin sein zu müssen und sich als Agentin für den Bundesdeutschen Nachrichtendienst anwerben lassen. Sie hatte geglaubt, etwas Gutes zu tun, und glaubte es immer noch. Dieser Glaube gab ihr die Sicherheit, alles richtig gemacht zu haben. Der Mensch braucht immer einen Halt, so ist das wohl. Anna bürstete energisch ihr dichtes Haar und zog sich an. Sie hatte sorgfältig gewählt, das enge Kleid, in dem sie Paul kennengelernt hatte, gab es noch immer. Und es passte ihr auch noch. Sie würde es heute tragen, wenn sie Paul traf. Ihre Tasche hatte sie gestern schon gepackt. Es war nicht viel drin, sie würde nur die zwei Tage bleiben, dann musste sie wieder zurück. Und dann noch 4 Wochen und sie hatte Urlaub. Urlaub in Italien. Es klang nach Meer und Sonne, nach Strand und irgendwie auch wie Musik. Ja, das war das Leben, das sie sich immer gewünscht hatte. Sie konnte glücklich sein, dass sich alles so gefügt hatte. Für einen kurzen Moment kam wieder der Gedanke an ihre Tochter. Aber sie wischte ihn schnell weg. Jana war jetzt bei Hanna und Willi zu Hause und so sollte es sein, so war es richtig. Sie boten ihr mehr, als sie es je würde können.

Anna schaute auf die Uhr. Oh je, sie hatte sich fast ein bisschen verträumt in ihrer Vorfreude. Sie würde nun doch ein Taxi zum Flughafen nehmen müssen. Schnell noch eine Tasse Kaffee in Mutter Jansens Küche und dann ab zum Flughafen.

Clara, ihre Zimmernachbarin, passte Anna gerade noch auf dem Flur ab. Sie fiel Anna um den Hals, drückte sie und gab ihr ein kleines Engelchen aus Keramik und sagte: „Komm, pack's ein, es soll auf dich aufpassen. Und komm gesund wieder. Und grüß deine kleine Süße, auch wenn sie sich nicht mehr an mich erinnern wird." Vor zwei Jahren hatte Anna ihre kleine Tochter für ein paar Tage in Düsseldorf gehabt, bevor sie sie dann zu einer Kur brachte, die Will, der leibliche Vater von Jana, bezahlt hatte. Zwei Jahre schon wieder. Wie die Zeit vergangen war. „Wann kommst du wieder?", fragte Clara. „Morgen Abend bin ich wieder da", sagte Anna. „Ich muss dann noch ein bisschen arbeiten, ehe es nach Italien geht." „Mein Gott, das lohnt sich ja gar nicht. Muss Liebe schön sein, dass du die Strapazen auf dich nimmst." „Aber ich seh' ja auch Hannchen und Jana. Und jetzt muss ich los, Clara, sonst versäume ich noch den Flieger ..." Die beiden jungen Frauen umarmten sich noch mal und ahnten nicht, dass es ein Abschied für immer sein sollte. Sie würden sich nie mehr wieder sehen.

Fröhlich eilte Anna die Treppe hinunter und trat vor die Haustür. Sie sah sich um und sie hatte Glück. Vorn an der Ecke am

Taxistand stand doch tatsächlich eines und schien nur auf sie zu warten. Zu dieser frühen Stunde kam das Taxi gut durch und so war Anna dann doch noch mehr als pünktlich am Flughafen. Die Abfertigung ging schnell und eine Stunde später saß Anna im Flieger nach Westberlin. Entspannt lehnte sie sich in ihrem Sitz zurück und schaute aus dem kleinen Fenster. Unter ihr breitete sich eine sonnige Landschaft aus, mit sanften Hügeln, weiten Wiesen und Feldern. Ab und zu kuschelten sich kleine Dörfer oder Städte in die Landschaft und verschwanden auch schon wieder. Über allem lag Frieden. Weit spannte sich der blaue Himmel über ihr und sie war mittendrin. Ab und zu traf sie ein Sonnenstrahl aus der großen Unendlichkeit und ein Gefühl der Leichtigkeit, der Freiheit und des Glücks bemächtigte sich ihrer. Sie lächelte. Und unwillkürlich musste sie wieder an Paul denken. Schön, dass sie ihn nach so langer Zeit mal wieder sehen würde. Sie hatten damals viel miteinander geteilt. Erst die gemeinsame Arbeit im Ministerium in Ostberlin, dann politische Ansichten und schließlich die Arbeit für den Bundesdeutschen Nachrichtendienst. Paul war schon lange dabei gewesen und hatte sie angeworben. Was war sie stolz gewesen, auch etwas für Deutschland tun zu können. Der Gefahr war sie sich nie ganz bewusst geworden. Es waren ja nur ein paar Zahlen, die sie regelmäßig weitergab. Für sie war es ein Abenteuer, ein Spiel mit dem Feuer. Ein gefährliches Spiel. Eine Ahnung hatte sie davon bekommen, als sie bei Nacht und Nebel Ostberlin hatte verlassen müssen, da die Stasi ihnen auf die Spur gekommen war. Beide sind sie nach Westberlin abgehauen. Eine Weile war sie noch bei Paul geblieben, aber dann hatte sich Arbeit in Düsseldorf ergeben und sie war damals auch froh, einen räumlichen Abstand zu bekommen. Paul hatte Arbeit in Westberlin gefunden. Manchmal vermutete sie, dass er immer noch im Untergrund tätig war. Aber so genau wusste sie es nicht, er hatte nie mehr darüber gesprochen. Die Stewardess riss sie aus ihren Gedanken. Sie hatte sie etwas gefragt, aber Anna war zu weit weg gewesen in ihren Erinnerungen. Sie bestellte eine Kleinigkeit, einen Kaffee und ein kleines Stück Kuchen. Richtig essen würde sie dann mit Paul. Sie hatten sich in einem kleinen Hotel mit Restaurant in der City verabredet.

Nach anderthalb Stunden setzte das Flugzeug auch schon in Berlin Tegel zur Landung an. Nun war sie doch etwas aufgeregt und freute sich auf Paul. Als sie aus der großen Halle des Flughafens ins Freie trat, empfing sie wieder gleißendes Sonnenlicht und die Wärme des beginnenden Tages. Und wieder stand am Taxistand ein Taxi, als würde es auf sie warten. Anna lächelte. Es sollte heute wohl so sein. Sie würde sich diese Bequemlichkeit gönnen und nobel in die Stadt hineinfahren, die sie so liebte. Dann hätte sie auch ein bisschen mehr Zeit für Paul. Je näher sie dem vereinbarten Treffpunkt kam, desto aufgeregter wurde sie nun doch. In einem kleinen Hotel, gar nicht weit weg von „Unter den Linden" am Brandenburger Tor, hatten sie sich verabredet. Anna bezahlte und stieg aus. In ihr war immer noch dieses fröhliche Gefühl und die Freude auf das Wiedersehen. Anna ging in das Hotel und suchte erst mal die Toiletten. Das Hotel war klein und sie musste fragen. Schnell noch einen Blick in den Spiegel, etwas Lippenstift und sie war zufrieden mit dem, was sie sah. Sie lächelte. Dann ging sie hinaus in die kleine Halle an die Rezeption.

„Guten Tag, ich werde erwartet von Herrn Phillipi, Paul Phillipi", sagte sie erwartungsvoll. Die Dame an der Rezeption schaute sie mit großen Augen an. Anna wiederholte ihren Satz.

„Ja, natürlich, ich rufe Herrn Phillipi an, einen kleinen Moment", sagte sie freundlich und doch ein wenig angespannt. Sie schaute Anna an und für einen Moment hatte Anna das Gefühl, dass diese Frau ihr etwas sagen wollte, aber dann griff sie zum Telefonhörer. Anna ging zum Fenster und schaute hinaus. Immer wieder nahm das Berliner Milieu mit seiner Rastlosigkeit sie gefangen. Und vielleicht wäre sie damals auch hiergeblieben, wenn es ihr nicht doch zu gefährlich gewesen wäre. Sie drehte sich um und ging an den Tresen zurück. „Herr Phillipi kommt gleich", sagte die Angestellte mit einem etwas verkrampft wirkenden Lächeln. Anna wollte sich gerade umdrehen, da wurde sie von hinten brutal an den Armen gepackt, sie wurden gekreuzt, hochgezogen und auf ihrem Rücken fixiert, sodass sie mit dem Oberkörper nach von ging und aufschrie, weil ein stechender Schmerz durch ihren Körper ging. Eine Männerstimme sagte kalt zu ihr: „Verhalt dich ruhig, dann tut's auch nicht so weh." Sie hatte keine Wahl, sie musste einfach der Gewalt folgen, die sie schnell in Richtung Ausgang schob und sobald sie versuchte, sich zu wehren oder zu befreien, wurde der Druck auf die Arme verstärkt. Es ging alles ganz schnell. Ein Auto stand auf einmal vor dem Hotel, die Autotür wurde aufgerissen und sie hineingestoßen. Beide Männer sprangen rechts und links von ihr in den Wagen und dann fuhr das Auto auch schon los. Mit rasender Geschwindigkeit durchquerte es die Straßen. Anna saß auf dem Rücksitz, die Arme immer noch im Rücken fixiert, sodass sie in gebeugter Haltung sitzen musste. Die Arme schmerzten. Aber mehr als alles schmerzte der Gedanke, was jetzt kommen würde. Was passierte hier? Was war das gerade? Und tief in ihrem Inneren stieg eine Ahnung hoch. Die Ahnung, dass es in ihrem Leben nie mehr so sein würde, wie es war. Sie war in eine Falle geraten und in die Hände der Staatssicherheit von Ostberlin. Gerade als dieser Gedanke ihr bewusst wurde, überquerten sie die unsichtbare Grenze von West- nach Ostberlin.

In Anna stieg Kälte auf. Eine eisige Kälte und Angst machten sich in ihrem Köper breit. In wenigen Sekunden zerbrachen all ihre Träume. Sie erstarrte förmlich.

„...Oh Paul, wo bist du? Warum bist du nicht gekommen? Warum hast du mich nicht gewarnt? Was geschieht hier ...", dachte sie noch und dann hörte alles Denken auf. Sie konnte nicht ahnen, dass Paul schon längst da war, wo man sie jetzt hinbrachte – in der Stasi-Hauptzentrale in Ostberlin.

Erst Monate später würde sie wieder zu sich kommen und im Gefängnis von Hoheneck aus diesem Alptraum langsam erwachen. Fünf Jahre, fünf lange Jahre ihres Lebens waren der Preis für eine Idee, für einen Traum von Freiheit.

DIE FRAU IM SPIEGEL

Er stand ganz dicht vor ihr. Seine Hand lag fest auf Ihrem Nacken, sein Gesicht nah vor dem ihren. Sie zuckte zurück, machte einen aussichtslosen Versuch, sich zu befreien, vergebens. Mit eiserner Hand hielt er sie fest und zog sie ganz nah an sein Gesicht. Er grinste und sagte mit sehr leiser Stimme: „Du entkommst mir nicht, meine Schöne. Nie!!! Versuch es also gar nicht erst. Ich finde dich überall. Und was ich dann mit dir mache, das kannst du dir nicht mal in deinen schlimmsten Träumen vorstellen. Also bleib ein braves Mädchen." Sie spürte seinen üblen Atem und sah in seine eiskalten, ausdruckslosen Augen. Angst machte sich wieder in ihrem Körper breit, kroch kalt unter seiner Hand vom Nacken den Rücken hinab, bis in ihr Herz. Sie war wie gelähmt. In diesem Augenblick wurde die Wohnzimmertür aufgestoßen und Rebekka, ihre kleine Tochter, kam ins Zimmer gestürmt. Unwillkürlich blieb sie stehen. Sie hatte schon oft mitansehen müssen, dass der Papa der Mama wehtat und sie hatte Angst. Angst vor etwas Dunklem, das sie nicht definieren und verstehen konnte, aber am meisten Angst um ihre Mutter. „Mama", sagte sie mit weinerlicher Stimme. Aber da war der ganze Spuk auch schon vorbei. Der Vater küsste die Mama auf die Stirn und sagte lächelnd, „Mach's gut, mein Liebling, bis heute Abend." Seiner Tochter strich er flüchtig im Vorbeigehen über den Kopf. Als die Wohnungstür zufiel, zuckte Mona kurz zusammen. Sie hörte seine Schritte die Treppe hinunterpoltern und dann endlich die Haustür ins Schloss fallen.

Aufatmend trat sie ans Fenster. Sie sah ihn gerade noch über die Straße zum Auto gehen. Groß wie er war, aufrecht, durchtrainiert und voller Kraft, sich seiner selbst und seiner Stärke sehr bewusst. In diesem Moment drehte er sich um und schaute nach oben, als hätte er ihre Blicke gespürt. Sie zuckte vom Fenster zurück. Sie war sicher, er konnte sie hinter der Gardine nicht sehen und trotzdem glaubte sie, ein verächtliches Lächeln auf seinem Gesicht zu erkennen.

„Mama, ist er weg?", hörte sie die Stimme ihrer kleinen Tochter. Sich umdrehend sah sie Rebekka an und wollte gerade etwas sagen, da nahm sie mit einem tiefen Schreck wahr, wie klein und zierlich ihr Mädchen aussah. So zart und zerbrechlich, fast krank. Es war, als hätte sich in diesem Moment ein Schleier gehoben und sie ihr Kind nach Wochen mit ganz neuen Augen sehen lassen. Was passierte hier? Was tat sie? Sie bückte sich zu ihrer Tochter, nahm sie in die Arme und wiegte sie wie ein ganz kleines Baby. Dabei beruhigte auch sie sich etwas. „Komm, Kleines, geh noch ein bisschen spielen, ich mach uns was zu essen, ja? Und dann machen wir uns heute einen schönen Tag." Die großen Augen von Rebekka beherrschten fast das kleine, schmale Gesichtchen und sie wurden noch größer, als sie fragte, „Gehen wir weg, Mama?" „Ja, später", sagte Mona und schob die Kleine in ihr Zimmer. Sie war verwirrt. „Gehen wir weg, Mama?" ... Die Worte hallten in ihr nach und im Unterbewusstsein nahm sie kurz die Zweideutigkeit dieser Worte wahr, aber schnell ging sie wieder auf den Flur und eilte benommen zur Küche. Sie wollte nicht denken, es bereitete ihr Schmerzen.

Sie war fast schon an dem großen Spiegel vorbei, der im Flur hing, da stockte ihr Schritt. Mona blieb stehen und ging einen Schritt zurück. Widerwillig schaute sie in den Spiegel, so als wollte sie gar nicht sehen, was er ihr zu sagen hatte. Wer war die Frau, die dort stand? Eine Fremde schien sie anzustarren, blass, ungepflegt, mit stumpfem Blick. „Wer bist du?", fragte sie ihr Spiegelbild. „Ich bin du", sagte eine Stimme in ihrem Kopf. „Ein Schatten deiner selbst. Eine Frau ohne Willen und Emotionen ..." Sie erschrak. War das wirklich sie? Und wieder wollte sie weitergehen, aber der Spiegel kannte keine Gnade. „Ja, ich bin du", wiederholte die fremde Frau. „Deine Träume, die du mal hattest, sind Asche geworden und du bist nur noch ein willenloses Geschöpf. Nur noch ein Niemand ohne Wünsche und ohne Energie ... ein Nichts." Gnadenlos sah ihr Spiegelbild sie an. „Was willst du von mir?", fragte sie ihr Bild. „Lass mich gehen ... lass mich in Ruhe. Ich habe keine Kraft mehr." Unwillig fuhr sie sich mit einer Hand durch ihr unordentliches Haar und wollte sich abwenden. Doch wie von einer unsichtbaren Kraft gehalten, verharrte sie und starrte weiter die ihr fremde Frau an. „Nein, du irrst, ich kann nicht du sein, so runtergekommen bin ich nicht ... noch nicht ...", sagte sie verzweifelt. Das Spiegelbild lachte und verzog das Gesicht dabei zu einer Grimasse. „Dann schau, wie abgemagert und ungepflegt du aussiehst ... wo sind sie denn geblieben, deine ganzen Ideen, deine Vorhaben? Zerschlagen von brutaler Hand! Und bald wirst auch du nicht mehr sein ..." Sie war näher an den Spiegel herangetreten, ihre Finger strichen über ihre Wangen, die Lippen, den Hals. Es war, als wenn sie sich nach Jahren wieder das erste Mal richtig sah. Und was sie sah, das war eine Fremde. Sie erkannte die Frau im Spiegel nicht mehr. Ja, sie hatte ihre Träume verloren. Wo waren sie geblieben? Wie hatte das geschehen können? Sie hatte es zugelassen und jetzt fühlte sie kein Leben mehr in sich, keine Energie. Sie wollte sich abwenden, auch ertrug sie diesen Anblick nicht mehr. Aber der Spiegel hielt sie weiter fest. „Wann bist du gestorben?", fragte anklagend ihr Spiegelbild. Mona hob die Hand, um mit der Faust ihr Bild im Spiegel zu zerschlagen, damit es sie nie, nie wieder so anstarren möge, ihr nie wieder so tief in ihre Seele schauen möge ... da holte ein leises Geräusch sie zurück in die Wirklichkeit. Rebekka stand neben ihr und zupfte an ihrer Jacke. Blass schaute das kleine Gesichtchen zu ihr auf, scheinbar nur beherrscht von ihren großen Augen. Augen voller Angst. Der Ausdruck dieser Augen, die Angst, die daraus sprach, aber auch das unendliche Vertrauen zu ihr, berührten sie in diesem Moment unendlich tief. Sie spürte, dass auf einmal etwas in ihr zusammenbrach. Etwas, das sie in den vergangenen Jahren so wehrlos gemacht hatte. Die eisige Kälte, die sie immer noch von der Hand ihres Mannes im Nacken gespürt hatte, löste sich auf und eine wohltuende Wärme breitete sich in ihrem Körper aus. Es war, als erwachte sie aus einem bösen Traum, der sie in den letzten Jahren gefangen gehalten und wehrlos gemacht hatte.

Noch immer stand sie vor dem Spiegel, mit ihrer Tochter. Sie sah ihrer Beider Bild und da lächelte ihr die Frau im Spiegel auf einmal entgegen. So als wollte sie sagen, „Richtig so! Das Leben hält noch so viel für dich bereit, nimm es endlich in deine Hände! Nimm es in beide Hände und geh endlich"! Hatte der Spiegel diese Worte zu ihr gesprochen oder waren es ihre eigenen Gedanken? Sie spürte die Kraft dieser Worte und war verwirrt. Und noch etwas anderes spürte sie, als sie die lächelnde junge Frau im Spiegel betrachtete, die ihr Kind so fest an der Hand hielt. ER hatte in diesem Augenblick die Macht über sie verloren. Es war noch ganz vorsichtig, dieses Gefühl, aber es war da und es war so schön, es fühlte sich so leicht und frei an. Und wieder schaute sie die Frau im Spiegel an, die ein letztes Mal zu ihr sprach. Nur diese Worte, eindringlich und ernst: „Pack deine Sachen, nimm dein Kind und geh weg. Und tu es gleich, sofort ... geh!!" Mona war so erstaunt über diese Gedanken, die ihr jetzt mit solcher Eindringlichkeit durch den Kopf gingen, dass sie Rebekka fast vergaß. Es war, als erwache sie aus einem jahrelangen Alptraum. Und sie fühlte, wenn sie etwas tun wollte, dann musste sie es jetzt tun, gleich, sofort! Ehe die alten Gedanken, die alten Muster wieder Macht über sie erlangten. Ehe er wieder durch diese Tür nach Hause kam. Nein, sie durfte nicht zögern, nicht warten und auch nicht denken. Denken konnte sie später noch. Sie nahm Rebekka bei der Hand und sagte nur: „Komm, wir müssen uns beeilen."

Sie gingen ins Schlafzimmer, Mona zottelte einen alten Koffer vom Schrank. Er war schäbig und verstaubt. Er fühlte sich wie ein Teil von ihrem Leben an, dass sie gerade im Begriff war, hinter sich zu lassen. Sie warf ein paar Sachen von sich und Rebekka hinein und versuchte, sich dabei zu konzentrieren, was sie beide fürs Erste brauchen würden. Papiere ... wo waren ihre Papiere? Ihre Unterlagen, Dokumente ...

Für einen Moment geriet sie in Panik. „Komm, konzentriere dich", ermahnte sie sich, „und nicht rechts und links denken". Von Rebekka noch ein paar Sachen. In dem Moment kam die Kleine mit ihrer großen neuen Puppe an und hielt sie ihr hin. „Mama, Susi muss mit, bitte." Und wieder wollte Mona alles über den Kopf wachsen, das Gefühl, das alles nicht zu schaffen, war fast übermächtig. Sie setzte sich aufs Bett und zog ihre Tochter auf ihren Schoß. „Rebekka, wir können nicht alles mitnehmen. Wir gehen weg von hier und wir haben kein Auto, wir müssen mit der Bahn fahren, bitte sei ein vernünftiges Mädchen. Du musst mir jetzt ganz sehr helfen, sonst schaffen wir das nicht. Du möchtest doch auch, dass wir beide gemeinsam ein neues Leben anfangen ... oder? Nur du und ich, ohne den Papa, er tut uns nicht gut. Komm, sei ein liebes Mädchen und hilf mir." Mona strich ihrer Tochter übers Haar und drückte sie kurz an sich.

Das Packen nahm doch mehr Zeit in Anspruch, als sie gedacht hatte, und immer wieder wollte Panik in Mona aufsteigen. Dann schaute sie ihre Tochter an, die eifrig half und sogar rote Bäckchen hatte. „Ich mache es für sie ... ich mache es für sie ...", wiederholte sie im Inneren immer wieder stereotyp, wenn Panik und Angst von ihr Besitz ergreifen wollten. Weg, nur weg. Denn wenn sie es heute nicht tat, dann würde sie es nie schaffen. Über alles andere denke ich später nach.

Als sie fertig waren, war es bereits Mittag. Ein letztes Mal schaute sie sich um. Es hatte nur eine ganz kurze Zeit gegeben, die sie hier glücklich gewesen war. Und als die Wohnungstür hinter ihr ins Schloss fiel, atmete sie noch einmal tief durch und lief eilig mit Koffer und Rebekka die Treppe hinunter. Vor der Haustür hatte sie nur den einen sehnsüchtigen Wunsch, so schnell wie möglich hier wegzukommen, ehe er vielleicht unerwartet hier auftauchen würde, warum auch immer.

Ein Taxi fuhr langsam die Straße entlang und ohne zu denken, hielt Mona es an. Sie hatte nicht viel Bargeld bei sich, aber das war jetzt egal ... weg ... weg. Und sie stiegen beide ein, Mona und ihre Tochter Rebekka ... auf dem Weg in eine neue Zukunft.

Zuerst würden sie zu ihren Eltern fahren, die weit weg wohnten und alles andere würde sich finden.

Mona hat ihn nie wieder gesehen und auch der Frau im Spiegel ist sie nie mehr begegnet.

DIALOG IM HIMMEL

Die Weite des Raumes schien unendlich. Man konnte nicht erahnen, wo sie anfing und in welche Dimensionen sie sich ausbreitet. Sonnenlicht durchflutete die Atmosphäre, kam von irgendwo her und endete nirgendwo. Die fernen Klänge einer zarten Melodie schwangen in fließenden Wellen durch den Äther und erfüllten alles mit vollendeter Harmonie, ohne Anfang, ohne Ende, alles war einfach nur da, in diesem großen Sein der Unendlichkeit. Das Gestern, das Heute und das Morgen verbanden sich zur Ewigkeit, sich ständig wiederholend wie am ersten Tag der Schöpfung.

Noch etwas müde und doch schon munter erhob ER sich von seinem Lager der Nacht. Eigentlich brauchte er keinen Schlaf, aber er hatte in den Äonen der Zeiten die Angewohnheit der Blue Peoples vom blauen Planeten angenommen, den Tag in zwei Hälften zu teilen, in den Tag und in die Nacht. Er schüttelte sein langes, inzwischen etwas grau gewordenes Haupt und war sofort hellwach, bereit für den Tag, für alles, was aus den Unendlichkeiten auf ihn zukommen würde.

Ein Engel eilte herbei, neigte leise den Kopf ein wenig und rief mit melodischer Stimme: „Einen wunderschönen Guten Morgen, oh Herr der Zeiten und Welten, ich hoffe, Ihr habt gut geruht und seid fröhlich aufgewacht ..." Bei so viel Munterkeit huschte ein Lächeln über das Gesicht des alten Herrn und er strich dem kleinen Wesen liebevoll über den Kopf. „Ich war nicht müde und Schlaf habe ich auch keinen gefunden. Immer wieder musste ich auf den kleinen blauen Planeten hinunterschauen. Und was ich sehen und hören konnte, gefällt mir gar nicht. Nein, es gefällt mir nicht. Von Tag zu Tag wird er dunkler, dieser einst so strahlende Planet. Die dunkle Macht breitet sich aus." Und dabei schüttelte er so heftig sein Haupt, dass die ergrauten Locken nur so umherflogen und irgendwo auf dem blauen Planeten einen heftigen Windstoß auslösten. Gespannt sah der Engel ihn an, denn nicht nur den Herrn beschäftigte das Geschehen auf diesem Planeten.

In jenem Moment rauschten die vielen lichtdurchlässigen Vorhänge heftig durcheinander und hervor aus diesem Gewirr trat eine stolze, imposante Gestalt. Groß und aufrecht, ein wenig despotisch kam sie mild lächelnd auf die beiden zugeschritten. „Oh, ich hoffe, ich komme nicht ungelegen", sagte die Gestalt und die Ironie in der Stimme verriet, dass es ihr sehr egal war, ob sie störte oder nicht. Leicht verneigte sich der Besucher, der nicht erwartet, jedoch auch nicht ungebeten schien. Er lächelte spöttisch und dachte: „Ach ja, von Zeit zu Zeit seh' ich den Alten gern und hüte mich wohl, mit ihm zu brechen."

„Du erscheinst mir gerade recht, auf dich habe ich gewartet", sagte da der alte Herr auch schon mit barscher Stimme und richtete sich zu seiner vollen Größe auf. Mephisto trat einen Schritt zurück. „Was erregt deinen Unmut so, Herr aller Welten?", fragte er scheinheilig. „Was mich erzürnt? Das fragst du noch? Dann schau hinab. Schau hinab auf den blauen Planeten, der einst so strahlend schön war wie ein Tag im Mai. Du treibst dein dunkles Spiel mit den Blue Men. Und das schon seit Tausenden von Jahren ... und dann fragst du noch so scheinheilig, was mich erzürnt?" Vorsichtshalber trat Mephisto noch einen kleinen Schritt zurück. Es war nicht gut Kirschen essen mit dem Herrn, wenn er so in Rage war. „Ich weiß wirklich nicht, was du meinst." Gott gab dem kleinen Engel, der immer noch wartend in der Ecke stand, ein Zeichen. Der Engel verstand, verschwand und kam wenig später mit einem Tablett zurück. Das Tablett auf einem kleinen Tischchen abstellend, zog er sich vorsichtshalber wieder etwas zurück. Die himmlische Luft roch nach Schwefel und das verhieß nichts Gutes. Der Herr schenkte sich ein Gläschen ein und bedeutete Mephisto gnädig, selbiges zu tun. Nichts eiliger als dies, bediente der sich und trank das Glas in einem

Zuge leer. Oh ja, nun war ihm wohler. Da donnerte auch schon die Stimme Gottes durch das Gemach: „Was hast du dir dabei gedacht, auf diesem schönen Planeten die Blue Men derart in Angst und Schrecken zu versetzen?"

Tief atmete Mephisto durch, auch ein bisschen erleichtert. Darum also ging es. Er atmete tief ein, nahm noch einen kleinen Schluck von dem köstlichen Wein und sagte scheinbar beiläufig: „Ach darum geht es. Mein Herr, ich dachte, es ist an der Zeit, dass die Bewohner dieses Planeten sich mal wieder beweisen und wachsen müssen. Sie tun über die Jahrhunderte so überlegen, führen große Kriege, spielen mit Atomen, als wären es Murmeln, aber viel Vernünftiges bekommen sie nicht zustande. Ja sicher, sie haben dies und das erfunden ... Aber ich, ich bin der Geist, der stets verneint, und das mit Recht! Denn alles, was entsteht, ist auch wert, dass es zugrunde geht!" Mephisto hielt in erhabener Pose inne. War er zu weit gegangen?

Doch nein, Gott schaute nachdenklich in die Ferne und sprach mehr zu sich: „Ja, eins ist wohl wahr, sie leben seit Jahrtausenden auf dem schönsten aller Planeten, aber seit den Pharaonen haben sie nicht viel dazugelernt. Sie streiten sich um Kleinigkeiten, erfinden Dinge, die eigentlich kein Mensch braucht, und gehen missachtend mit meiner Schöpfung um. In fernen Zeiten hatten sie Angst vor der Zukunft, doch heute muss die Zukunft Angst vor ihnen haben. Aber es liegt nicht in deiner Macht, die Blue Men etwas lehren zu wollen. Was hast du dir dabei gedacht, einen Virus in die Welt zu setzen und weltweit Schrecken zu verbreiten?", fragte er erneut, sich an Mephisto wendend. Dieser trat wieder einen Schritt zurück. Gott nahm gedankenverloren den Weinbecher, trank einen Schluck und stellte ihn wieder ab und fuhr fort: „Du paktierst mit Kräften, die nichts Gutes für den schönen Planeten und seine Bewohner im Sinn haben. Die dunkle Macht hat an Kraft gewonnen und will den blauen Planeten beherrschen und du bist, wie mir scheint, ein williger Gehilfe. Das Spiel ist so perfide. Ein kleiner Virus soll die Blue Men in Schrecken versetzen, sie von allem Schönen und Wichtigen abhalten – und es funktioniert sogar. Ich kann es selbst nicht glauben. Bei meinem langen Bart, ich hätt' gedacht, die Blue Men wären weiter in ihrem Denken, hätten aus der Geschichte der Jahrtausende gelernt und könnten so ein primitives Spiel gar leicht durchschauen. Doch es irrt wohl der Mensch, solang er strebt ... und wie es scheint, auch ich ... ich fass' es nicht ...!" Zornig und erstaunt zugleich schaute Gott drein. Und das wollte was heißen. Mephisto genoss diesen Moment. So etwas wie Glück kannte er zwar nicht, doch dachte er jetzt befriedigt, „Ach, du Augenblick, verweile doch, du bist so schön ...", tief holte er Luft, ein leises Grinsen huschte über sein Gesicht. Aber dieses Gefühl hielt nicht lange an. „Vergiss es, mein Freund", sagte da Gott in diesem Moment in seine Gedanken hinein. „Ich durchschau' dich wohl ... erst ein kleiner Virus, der Angst und Schrecken bringt und dann eine neue Herrschaft des Bösen, die alles wieder richtet. Schaust zu, was passiert und amüsierst dich scheinbar noch köstlich dabei. Du hast Glück gehabt, dass du nicht wirklich etwas geschaffen hast, was die Blue Men hätte umbringen können", unwirsch schaute Gott Mephisto an. „Oh Herr", sagte Mephisto, sich wieder demütig neigend. „Wie ihr wisst, bin ich nur ein Teil von jener Kraft, die stets das Böse will und stets das Gute schafft. Und so wird sich auch hier am Ende alles zum Guten wenden." Und wieder näherte er sich vorsichtshalber ein Stück dem Ausgang zu.

Doch Gott war nicht gewillt, seinen Widersacher so einfach gehen zu lassen. „Ja, auch ich seh' die dunklen Wolken am Horizont. Doch niemals, niemals wird meine Schöpfung untergehen. Es ist das Licht, das ewig ist und immer siegen wird. Und darüber hast du keine Macht. Da enden deine Spiele. Auch wenn die Blue Men seit Jahrtausenden auf einem falschen Weg sind und es nicht erkennen. Es wird nicht dieser kleine unbedeutende Virus sein, seit Äonen existierend im ewigen Kreislauf der Natur, der großen Schaden anrichten wird. Ist er doch nur ein Mittel zum Zwecke für eine Kaste, die mehr will. Um die Herrschaft über diesen schönen Planeten und seine Bewohner geht es. Wieder einmal! Und die Blue Men wollen es scheinbar so. Akzeptieren die unmöglichsten Dinge, lassen sich spalten und diffamieren, einsperren, ohne ihren Verstand einzuschalten. So dumm kann ich die Blue Men doch nicht geschaffen haben. Verlassen über Wochen ihre Häuser kaum aus Angst vor Ansteckung. Tragen Masken wie ein Harlekin, sogar die armen Kinder. Kaum atmen kann man damit", sagte Gott und wieder schüttelte er fast verzweifelt sein weises Haupt, die Haare flogen wild durcheinander und ein Sturm fegte diesmal über die Meere des blauen Planeten. „Ich versteh' die Blue Men nicht mehr. Das ist perfider als jeder Krieg. Und nun gar noch die Kinder impfen lassen mit einem Stoff, dessen Zusammensetzung und Folgen nicht einmal die Wissenschaft richtig kennt!" Der Herr zweifelte fast an seiner Schöpfung.

„Zürne nicht so sehr, oh Herr, weißt doch auch du, dass die Entwicklung auf dem blauen Planeten seit Jahren stillsteht und nur in eine Richtung geht, die da Macht und Geld heißt. Und dafür werden seit Tausenden von Jahren Kriege geführt, Wälder abgeholzt und der schöne Planet zerstört. Was mich schon freut, das geb' ich gerne zu. Und es lag gewiss nicht in meiner Absicht, den Blue Men Gutes anzutun. Zu sehen, wie sie sich streiten, zu sehen, wie der beste Nachbar des nächsten Feind wird und wie die Kinder sich mit Masken quälen, ja, das erfreut schon mein Herz. Und wenn ich ehrlich bin, am Anfang war es nur ein Spiel, ein Versuch … doch nicht mal ich hätt' je im Traum gedacht, dass es mir so leicht gemacht und ein so grandioser Erfolg wird. So einfach und leicht haben die Blue Men mit sich spielen lassen. Teile und herrsche, spalte und siege, so einfach, oh Herr, ist meine Strategie. Aber noch ist nicht aller Tage Abend und das Blatt wendet sich manchmal gar schnell", sagte er sinnend. „Denn alles, was entsteht, ist auch wert, dass es zugrunde geht. Gut wie Böse, ob ich es will oder nicht. So stets Neues kommt. Bin ich doch nur ein Teil von jener Kraft, die stets das Böse will und stets das Gute schafft." Mephisto zog sich weiter und weiter zurück.

Gott schaute in die fernen Welten seines großen Universums. „Eines vergisst du, mein Freund. Das ist die Liebe. Die Liebe, die alles bindet, alles eint und heilt. Sie lässt das Leben wachsen und erblühen, sie ist der Zauber, der alles wendet und sie wird nie vergehen", noch im Reden drehte Gott sich um, aber er sah nur noch die lichten Vorhänge sich leicht bewegen. Der Herrscher der dunklen Welten war leise gegangen.

DAS INTERVIEW

Ich bin Journalistin, arbeite beim Brandenburger Sender und habe den Auftrag, Interviews zum Thema Corona zu führen. So richtige Vorstellungen, wie ich das Thema am besten gestalte, habe ich noch nicht. Also mache ich mich erst mal an die Arbeit, recherchiere und entschließe mich dann doch, einfach loszugehen. Demos zu besuchen und Leute von der Straße zu befragen. Ich möchte wissen, was sie erlebt haben in den 2 Jahren Corona und was Corona mit ihrem Leben gemacht hat. Ich möchte erfahren, was die Menschen empfinden, wie sie denken und fühlen.

Im Studio bereite ich mich vor, mache mir einen kurzen Fahrplan, telefoniere und verabrede mich mit ein paar Leuten. Wichtig ist mir dabei, dass sie aus den verschiedensten Bereichen unserer Gesellschaft kommen. Schnell packe ich noch ein kleines Aufnahmegerät ein und schon geht es los.

Für mein erstes Interview treffe ich eine ganz entfernte Bekannte. Anja und ich, wir sind uns vor einiger Zeit zufällig wieder mal begegnet. Ich weiß nicht, wie sie denkt und sie hat sicher auch über mich und unser Gespräch kaum im Vorfeld nachgedacht. Aber sie ist bereit, mit mir über Corona zu sprechen.

Wir treffen uns in einem kleinen Bistro und ich lade sie zu einem Kaffee ein. Nach kurzem Plaudern über belanglose Themen komme ich auf Corona zu sprechen. Ich stelle ihr ein paar Fragen: „Für wie gefährlich hältst du Corona?"

Anjas Antwort kommt sofort und sehr energisch: „Für sehr gefährlich! Ich bin froh, dass ich geimpft bin. Ich fühle mich dadurch sicher und geschützt." Meinen Einwurf, dass es inzwischen ja auch viele Impfdurchbrüche gibt, tut sie mit der Bemerkung ab: „... Jeder ist halt anders!"

„Was hältst du von den Maßnahmen der Politik?"

„Im Großen und Ganzen richtig. Für sie (die Regierung) ist es ja auch das erste Mal, so ein Problem. Manchmal wären vielleicht mehr Informationen schön."

„Sind die Regeln streng genug?", frage ich sie.

„Ja, mit Sicherheit. Ich finde, die anderen Länder lockern jetzt viel zu früh." Sie trinkt einen Schluck Kaffee und schaut mich an.

„Was hältst du von den Impfungen?"

Sehr spontan und schnell kommt wieder die Antwort: „Gut, dass es sie gibt, wer weiß, wer sonst schon alles Tod wäre!"

„Man spricht von gravierenden Nebenwirkungen ...?"

„Das ist eben das allgemeine Risiko, das ist so ...!"

„Siehst du eine Spaltung in der Gesellschaft?", frage ich sie.

„Ja, das beunruhigt mich schon. Vor allem die Demonstrationen, sie sollten friedlich sein. Aber was man da so sieht im Fernsehen ... ist da viel Randale dabei und viele von rechts und dann noch Leute mit Kindern ... das finde ich nicht gut."

„Und die Berichterstattung darüber?"

„Das ist OK, die machen das schon gut."

„Man spricht viel von ‚Verschwörungstheoretikern' ...?", werfe ich ein.

„Einfach nur Idioten, engstirnige Leute", die Antwort kommt wieder prompt, kurz und knapp.

Wieder spüre ich das tiefe Vertrauen von Anja in die Politik.

Noch ein paar neutralere Fragen und schon sind wir auch am Ende unseres kleinen Interviews angekommen. Ich möchte sie nicht in eine Diskussion verwickeln, nur ihre Meinung ist mir wichtig. Wir trinken noch in Ruhe unseren Kaffee aus, plaudern über dies und das. Inzwischen hat sich das kleine Bistro gut gefüllt. Es ist später Nachmittag und so mancher macht nach der Arbeit hier eine kleine Pause. Wir bezahlen und dann trennen sich unsere Wege wieder. Langsam und etwas nachdenklich gehe ich zum Auto zurück. Was hatte ich erwartet? Ich weiß es selbst nicht. Vielleicht ein bisschen mehr Selbstreflexion der Dinge, eigenes Denken, Bewerten vielleicht ...! Doch viel Zeit zum Nachdenken bleibt mir nicht, ich bin zum nächsten Interview verabredet.

Meine nächste Gesprächspartnerin ist Maria. Auch wir kennen uns nur flüchtig. Vor ein paar Wochen ist ihr Mann gestorben, nur wenige Tage nach der Impfung, einfach so. Abends ins Bett gegangen und am Morgen nicht mehr aufgestanden. Über Nacht hat er seine große Reise angetreten. Wir treffen uns an einem See in der Nähe der Stadt. Es war ihr Vorschlag und er war gut, die Sonne scheint und ihre Strahlen wärmen schon ein bisschen.

Wir reden über dies und das und dann kommen wir langsam auf das Thema Corona zu sprechen. Sie erzählt mir, dass sie es zu Anfang als eine große Gefahr empfunden hat. Neuland auch für die Politik und die Medizin. Eine große Aufgabe, die es zu bewältigen galt. Sie glaubt nicht, dass man das Virus wird ausrotten können.

Auf meine Frage, wie sie das Handling der Politik empfindet, kommt sofortige und bedingungslose Befürwortung. „Das ist eine umsichtige Politik, das sind die richtigen Maßnahmen. Auch für die Politiker war das ja neu, sie sind ja keine Mediziner und müssen sich auf Fachleute stützen. Ob nun gleich alles richtig war ...? Im Nachhinein weiß man immer mehr."

Ob die Maßnahmen streng genug sind, will ich wissen. „Ja, unbedingt. Die Inzidenz war hoch und es gab viele Tote. Ich habe von alldem nicht allzu viel gemerkt, ich habe mich an die Vorschriften gehalten."

Impfungen findet sie generell gut und auch eine eventuelle Impfpflicht. Was sein muss, das muss!

Und eine Spaltung der Gesellschaft? „Nein, das sehe ich nicht. Mancher hat eben eine andere Meinung. Ich finde, man muss eben mit Toleranz leben!" Ein guter Ansatz!

Was die Politik betrifft, so würde sie sich mehr Informationen für den Bürger gewünscht haben. Zum Beispiel Informationen von ihrer Hausärztin oder von der Krankenkasse. Wie zum Beispiel Hinweise zum Verhalten in Corona-Zeiten.

Meine Frage zu den sogenannten Verschwörungstheorien tut sie mit einem Schulterzucken ab. Unterschiedliche Theorien gibt es auf der ganzen Welt, meint sie.

Fast sind wir fertig mit unserem kleinen Interview, da kommt sie nochmal auf das Impfen zu sprechen. „Ich fand es nicht schön, wie von der Politik argumentiert wurde: ein kleiner Piks und dann ist alles gut. Darum geht es nicht. Es geht um den Wirkstoff, den ich nicht kenne. Da hätte ich mir schon mehr Aufklärung gewünscht. Es ist ja schließlich mein Körper und ich muss Vertrauen haben." Ihre Bemerkung berührt mich. Sie hat sich weitergehende Gedanken gemacht. Wir verabschieden uns.

Auf meinem Weg zum Auto begegnet mir eine Schulklasse. Die Kids sind alle vielleicht so 10, 11, vielleicht 12 Jahre alt und wie es aussieht, haben sie Wandertag. Als ich sie sehe, kommt mir noch eine Idee. Ich frage die Lehrerin, ob ich vielleicht mit dem einen oder anderen kleine Interviews für den Brandenburger Sender machen darf. Sie ist einverstanden. Und als ich das Mikro heraushole und das Gerät starte, bin ich von den Kids auch schon umringt. Sie sind neugierig und voll mit dabei. Ich frage sie, wie sie die Corona-Zeit bis jetzt erlebt haben und wie es ihnen heute damit so geht.

Philipp ist 10 Jahre alt und sagt: „Mich haben die Lockdowns genervt. Und als ich dann wieder in der Schule war, war das auch nicht richtig toll ... oder erst mal schon ... aber daher, dass man 1,5 m Abstand halten sollte, konnte man auch nicht wirklich was in der Pause machen, wie Fangen oder Verstecken spielen ... das war sehr schade."

„Ich hatte jeden Tag Angst, mich anzustecken und meine Familie. Meine Eltern haben versucht, dass ich zu Hause lernen darf, damit wir uns schützen können. Meine Mutter ist Risikopatient. Wir dürfen nicht", seufzt Mona, 11 Jahre alt.

Lea, auch 11 Jahre alt, sagt spontan dazwischen: „Mein Wunsch ist, dass wir irgendwann alle geimpft sein könnten und wieder ohne Masken rumlaufen und wie früher spielen können, das wäre schön."

Das Leid der Kinder macht mich traurig und ich denke, eine verlorene Generation. Und ich bin mir sicher, dass man erst viel später sehen wird, was diese ganze Geschichte mit uns, mit unserer Gesellschaft und vor allem aber mit unseren Kindern gemacht hat. Die Verlierer sind meist die Kinder, denke ich noch und packe mein Mikro schnell ein. Nein, ich habe für heute genug gehört, obwohl ich das Gefühl habe, dass der eine oder andere vielleicht sein Herz noch ganz gern ausgeschüttet hätte.

Ich fahre zurück ins Studio, höre mir alles nochmal an und bereite mich noch etwas auf den Montag vor. Da ist hier, in unserem kleinen Städtchen, immer eine Demo, wie es jetzt so heißt. Ich möchte mir ansehen, wer da so demonstriert, und ich möchte mit Menschen sprechen. Ich bin neugierig.

Am folgenden Montagabend brauche ich den Sammelplatz für die Demo nicht lange suchen. Abgesehen davon, dass er genau vor dem Rathaus ist. Schon von Weitem höre ich den Lärm von Trillerpfeifen und Trommeln. Je näher ich komme, desto lauter wird es. Dieser Lärm ist mir nicht angenehm. Ich hätte mir Musik gewünscht. Musik, die die Menschen mitnimmt, Musik, die sie verbindet. Die Menschen, die ich treffe, sind aus der Mitte der Gesellschaft. Ich sehe Geschäftsleute, Eltern mit ihren Kindern und auch eine Reihe junger Leute. Eine bunte Mischung, aber alles ist friedlich. Ich sehe mich um und entdecke auch Polizeiautos und Polizisten, aber sie halten sich im Hintergrund.

Eine junge Frau tritt ans Mikrofon und spricht ein paar Worte. Sie spricht davon, wie wichtig es ist, jetzt Gesicht zu zeigen, denn noch nie sei das Leben der Menschen derart eingeschränkt worden, wie in diesen Corona-Zeiten. Sie spricht von Existenzen, die kaputt gehen, von Familien, die zerbrechen und von Menschen, die einsam sterben. Sie spricht von den Kindern, die in den Schulen mit Masken und Abstand drangsaliert und um ihre Kindheit betrogen werden. Es sei so wichtig, jetzt zu sagen und zu zeigen, was man denkt.

Ihre Rede ist kurz, aber kräftig, leidenschaftlich und von Herzen kommend. Sie ist voll engagiert, das sieht man, das spürt man, das hört man und die Menschen gehen mit. Ich bin berührt und habe ihre Rede aufgenommen. Dann setzt sich der kleine Zug in Bewegung, hundert Leute vielleicht und das jeden Montag.

Ich begleite sie noch ein Stück und biege dann ab. Meine Gefühle sind gespalten. Ich komme am Pflegeheim vorbei. In vielen Zimmern brennt noch Licht. Auch in dem Eckzimmer in der 2. Etage. Ich bleibe stehen. Da hat meine Mutter 11 Jahre gelegen. In tiefer Demenz, nicht mehr wissend, wer sie ist, wo sie ist und wer ich bin. Nur manchmal gab es Augenblicke, da hat sie mich angeschaut und ich habe für einen Moment in ihren Augen ein Erkennen gesehen. Dann hat ihr Gesicht sich zu einer Art Lachen verzogen, die Augen haben gestrahlt und sie hat versucht, etwas zu sagen. Doch über die Jahre des Schweigens hatte sie das Sprechen verlernt. Aber die Liebe hat uns in diesen wenigen Momenten wieder verbunden wie eh und je. Und ich stelle mir vor, jemand hätte mir verboten, sie zu besuchen, weil es Corona gibt. Obwohl diese Vorstellung irreal ist, da sie vor ein paar Jahren gestorben ist, steigt heiß ein Gefühl in mir hoch. Ich balle die Hände in meinen Taschen zu Fäusten. Ich weiß, ich hätte das nie akzeptieren können, sie auf ihrem letzten Weg nicht begleiten zu dürfen. Ich hätte es nicht ertragen.

Vielleicht wäre manches dann auch in meinem Leben anders verlaufen. Vielleicht hätte ich dann heute auch Demos organisiert und so eine Rede gehalten, wie diese junge Frau vorhin. Wer weiß! Manchmal sind wir nur einen kleinen Schritt von einem ganz anderen Leben entfernt. Ich muss mich beeilen, wenn ich heute noch meinen Beitrag fertigbekommen möchte. Er soll um 22.00 Uhr auf Sendung gehen. Noch habe ich keine Ahnung, wie ich ihn einleiten werde, was ich sagen werde ... Meine Gefühle sind gespalten.

DAS GEHEIMNIS DER RAUNÄCHTE

Obwohl es erst Nachmittag war, begann es schon langsam, dunkel zu werden. Die Mutter zündete in der Küche die Gaslampe an und schob die großen Pfannen auf dem alten Herd zurecht. Den ganzen Tag wurde schon gekocht und gebacken, jetzt wollte sie wenigstens noch den Braten vorbereiten, denn morgen war Heiligabend. Und es gab noch so viel zu tun. Hannah kam in die Küche gerannt und rief aufgeregt: „Mutter, Mutter, kommt mal schnell, der Postkutscher ist da und hat was für uns." Es war so selten, dass die Postkutsche überhaupt bei ihnen hielt, geschweige denn etwas für sie hatte. Sie waren arme Leute und wer hätte ihnen schon etwas schicken sollen? Die Mutter trocknete sich die Hände an der alten Schürze ab und ging hinaus, gefolgt von Hannah. Und wirklich stand da die Kutsche und brummig sagte der alte Johannes: „Ich habe da was für Euch, Mutter Reinhard. Ihr müsst mir hier quittieren." Er hielt ihr ein Blatt auf einer Tafel hin und einen Stift. Langsam und mit Bedacht setzte sie ihren Namen drauf. Das Schreiben ging ihr nicht mehr flüssig von der Hand. Ihre Finger waren steif geworden von der Arbeit in der Wäscherei. Früher ... ja früher, da hatte sie noch große Träume gehabt. Da wollte sie Schneiderin in dem kleinen Laden am Markt werden, sie hatte Talent. Aber dann war da der Hannes gekommen und hatte ihr nette Avancen gemacht ... und so kam eines zum anderen ... erst der Hannes, dann Billy, der war jetzt beim Militär und als Nachzügler die kleine Hannah. Es sollte wohl in diesem Leben nicht sein. Umso mehr wünschte sie sich, dass es ihre Tochter einmal leichter haben würde. Aber arm geboren, arm gestorben, so war es wohl im Leben. Sie seufzte, wand sich um und ging ins Haus zurück.

Hannah folgte ihr ganz dicht, hing wie eine Klette an ihr und ließ sie und das Paket nicht aus den Augen. Sie war so aufgeregt und platzte schier vor Neugier. Kind müsste man nochmal sein, dachte Mutter Reinhard und strich ihrer Tochter liebevoll über den Kopf.

„Komm, deck den Tisch Hannah und ruf den Vater, wir essen gleich."

„Mutter, von wem ist das Paket? Wer hat uns was geschickt? Was ist drin, Mutter?" Neugierig schielte sie immer wieder zu dem Karton. Und obwohl sie schon lesen konnte, konnte sie die alte, verschnörkelte Schrift nicht entziffern. In dem Moment kam polternd der Vater rein, in dicker Jacke und Raureif im Bart. Mürrisch nickte er, zog sich aus und wusch sich in der Schüssel am Herd die Hände. Eifrig begann Hannah ihm zu erzählen, dass heute der Postmann dagewesen sei. Fragend sah der Vater seine Frau an. Die schüttelte den Kopf. „Ich weiß es nicht genau, von wem das Päckchen ist. Es kann eigentlich nur von der Base aus Berlin sein. Morgen werden wir es wissen", lächelte sie geheimnisvoll und schaute ihre Tochter an.

Der Tisch war gedeckt und schweigend aß die Familie das karge Abendbrot, Pellkartoffeln mit Leinöl und Salz. Schnell war danach der Tisch abgeräumt und das Geschirr gespült. In eine kleine Schüssel kippte die Mutter warmes Wasser und hieß Hanna, sich zu waschen. Hanna wollte protestieren, aber ein warnender Blick der Mutter ließ sie schweigen und mürrisch wusch sie sich flüchtig. Die Mutter begleitete sie in die kleine Kammer. Es war kalt und die Glut im Ofen längst erloschen. Aber Hannah hatte ein kleines Federbett, ein Luxus, den ihr die Base aus Berlin geschenkt hatte. Müde setzte sich ihre Mutter noch kurz auf den Bettrand und strich ihr übers Haar. „Morgen ist die Heilige Nacht, kleine Hanna. Was du heute Nacht träumst, das wird wahr", sagte sie, mit den Augen zwinkernd. „Ich träum, ich bin eine Prinzessin und dann darfst du in meinem Schloss wohnen und hast ganz viele Dienstmädchen und der Vater kümmert sich um die vielen Pferde und wir trinken Kaffee und essen ganz viel Kuchen …", sagte das Mädchen versonnen. Der Gedanke gefiel ihr und sie lächelte. Die Mutter stand auf, nahm die Petroleumlampe, strich Hanna nochmal durch ihr zerzaustes Haar und ging hinaus. Sie hatte noch viel zu tun. In der wenigen freien Zeit, die ihr blieb, nähte sie für andere Leute und das Kleid von der Schmidtchen musste noch fertig werden. Sie hätte ihrem Kind so sehr ein besseres Leben gewünscht. Schnell ging sie in die Küche zurück, räumte alles auf, setzte sich ins Licht der Petroleumlampe und begann zu nähen.

Hannah streckte sich lang in ihrem kleinen Bettchen aus. Nach einer Weile umfing sie wohlige Wärme. Sie war müde und munter zugleich. Sie schloss die Augen, die Wärme der Bettdecke machte sie schläfrig, Traum und Wirklichkeit begannen ineinander zu zerfließen. Ihr war, als ob sie auf einer Wolke schwebte, sie fühlte sich so leicht, alle Schwere fiel von ihr ab. Sie lächelte. Träumte sie oder war sie wach? Sie wusste es nicht. Es war ein Zustand zwischen den Zeiten, der Raum erschien groß und hell und sie fühlte sich seltsam glücklich und geborgen. Sie hörte ein Geräusch und erstaunt setzte sie sich auf und sah um sich. Es war, als klopfte jemand an ihr winziges Fenster. Sie rutschte aus dem Bett und schob den kleinen Vorhang zur Seite. Vor dem Fenster flatterte ein kleiner Vogel. Sein Gefieder glitzerte im Mondlicht bläulich wie aus Eis und aufgeregt schien er ihr etwas sagen zu wollen. Schnell schob sie den alten, wackligen Hocker ans Fenster und kletterte hinauf. Sie öffnete das kleine Fenster und hielt nach dem Vogel Ausschau. Und da war er wieder, blieb fast in der Luft vor ihrem Gesichtchen stehen, flatterte wieder davon und kam zurück. „Komm, kleine Hannah, komm!", schien er ihr zuzurufen. Hannah schloss das Fenster, kletterte vom Hocker und angelte sich ihre dicke Jacke. Sie öffnete leise die Tür und lauschte. Im Haus war alles still, die Eltern schienen zu schlafen. Leise huschte sie hinaus und schaute suchend um sich. Aber da war er auch schon wieder, der kleine blaue Vogel und flog erneut zwitschernd um sie herum. Weit spannte sich der kalte Himmel über ihr und hell funkelten die Sterne. Um ihren Kopf flog der Vogel und eilte ihr voraus. Hannah folgte ihm. Der Mond warf sein sanftes Licht auf den Weg. Wie im Traum lief Hannah immer weiter, folgte dem Vogel, der mal zwitschernd über ihr schwebte und dann wieder eilig weit voraus flog. Obwohl die Nacht eiskalt war, spürte sie eine wohlige Wärme in sich. Sie wusste selbst nicht, was Wirklichkeit war und was Traum. Jedes Gefühl von Zeit und Raum schien verloren, nur diese verzauberte Winterlandschaft, dieser Augenblick und der blaue Vogel, dem sie folgte, hielten sie gefangen und leiteten sie. Da sah sie in der Ferne zwischen den Bäumen einen hellen Lichtschein. Es waren die Flammen eines lodernden Feuers. Als sie näherkam, sah sie Männer, die um das Feuer herumsaßen und sich angeregt zu unterhalten schienen.

Zögernd ging Hannah auf die Gruppe zu. Einer warf ein Scheit in die Flammen und erneut loderten sie hell auf, Funken sprühten bis zu Hannah. Bizarr leuchtete die Umgebung auf, die alten Tannen warfen hohe Schatten und schienen sich leise rauschend Geschichten zu erzählen. Hannah ging näher und näher, magisch fühlte sie sich von diesem Schauspiel angezogen. Fast hatte sie diese seltsame Gruppe erreicht, da blieb sie wieder fasziniert stehen, um dem Schauspiel weiter zuzusehen.

Die Männer hatten ihr Gespräch unterbrochen und schauten nun zu dem Mädchen, das da aus der Dunkelheit langsam auf sie zugekommen war und nun im hellen Schein des Feuers stand. Der Jüngste von ihnen stand auf und ging leichten Schrittes auf sie zu. Vor ihr neigte er, stehen bleibend, leicht den Kopf, streckte seine Hand aus und sagte freundlich: „Willkommen in unserem Kreis, kleine Hannah, wir haben schon auf dich gewartet und freuen uns, dass du zu uns gefunden hast." Einladend zeigte er in die Mitte. „Woher wusstet Ihr, dass ich kommen würde?", offen schaute sie ihn an. Der Jüngling lachte und wies auf den kleinen blauen Vogel, der über ihnen herumflatterte. „Er hat es uns gesagt." Zögernd ging Hannah näher. Sie schaute in die Runde. „Wer seid Ihr? Ich habe euch hier noch nie gesehen." Der Jüngling lachte wieder und führte sie in die Mitte des Kreises, sodass sie alle sehen konnte. Er legte ein Kissen in den Schnee und hieß sie, sich zu setzen. Hannah setzte sich.

Hannah verspürte keine Angst. Im Gegenteil, auf seltsame Weise waren ihr die Männer vertraut und ja, sie fühlte sich regelrecht geborgen. Einer reichte ihr einen Becher mit heißem Tee. Es verging eine Zeit, ehe der Älteste von Ihnen das Wort erneut ergriff: „Wir freuen uns, kleine Hannah, dass du in unserer Mitte bist. Nur wenige Menschen kommen zu uns. Sei Willkommen in unserem Kreis in dieser Heiligen Nacht!" „Der blaue Vogel hat mich zu euch geführt", sagte Hannah und sah suchend um sich. Da sah sie ihn noch einmal, wie er zwitschernd über ihrem Kopf flatternd, sich zu verabschieden schien und in der Dunkelheit des Waldes verschwand. „Ja, der Eisvogel", sagte er lachend, „er hat dich zu uns geführt". Hannah wärmte sich an der Glut und sah in die Runde. Zwölf Männer saßen um sie herum. Sie waren unterschiedlichen Alters. Der Jüngste war der, der ihr entgegengekommen war, der älteste der, der gerade mit ihr gesprochen hatte. „Wer seid ihr, wo kommt ihr her?", fragte Hannah erneut und trank einen Schluck von dem heißen Tee.

„Wir sind die zwölf Raunächte, kleine Hannah. Immer, wenn ein Jahr zu Ende geht, dann treffen wir uns und beraten über die Geschicke dieser Welt. Wir können tief in die Herzen der Menschen blicken, wir sehen ihre Wünsche und wir wissen, wozu die Zeit bereit ist. Nicht immer ist die Erfüllung eines Wunsches auch ein Segen für den Menschen. Wir halten die Fäden des Schicksals zwar nicht in unseren Händen, aber wir können es beeinflussen. Und du, kleine Hannah, kannst uns dabei helfen." Erstaunt blickte Hannah auf. „Ich?", fragte sie mit großen Augen. „Ich bin doch nur ein kleines Mädchen ..." „Auch wenn du noch klein bist, Hannah, kannst du uns helfen, etwas mehr Freude in die Herzen der Menschen zu bringen. Die Zeiten sind rau geworden und die Menschen brauchen wieder etwas Hoffnung und Träume." Der Älteste reichte ihr die Hand, half ihr auf und stellte ihr jeden Einzelnen vor.

Er blieb vor dem Jüngsten stehen, der sich leicht vor Hannah verneigte und sagte: „Die Nacht auf den 25. Dezember steht für den Januar. Und das ist meine Nacht. Sie ist ein Zeichen der Wurzeln. Sie klärt, wo wir herkommen und womit wir uns verbunden fühlen."

Er führte sie zum nächsten. Dieser verneigte sich ebenfalls vor ihr. „Die Nacht auf den 26. Dezember steht für den Februar und das ist meine Nacht. Ich bin deine innere Stimme. Ich führe dich und stärke dich bei wichtigen Dingen, die du tun möchtest, höre auf deine innere Stimme", sagte er lächelnd zu ihr. Mit ausladender Hand wies er auf den nächsten im Kreis.

Ein Jüngling mit lockigem Haar erhob sich, reichte ihr lachend die Hand. „Und ich bin der März, die Nacht auf den 27. Dezember. Ich bin die Liebe, die Liebe, die unser Herz erwärmt und deshalb kleine Hannah, achte immer auf dein Herz, es wird dich führen und dir sagen, was richtig ist."

„Da schließe ich mich gern meinem Bruder an", sagte der nächste Mann, „denn ich stehe für die Nacht auf den 28. Dezember, für den April. Mein Zeichen ist auch die Liebe. Aber es ist die Liebe für andere. Ich bin ein guter Tag für Verliebte und für alles, was verspielt in unser Leben kommen soll".

Nun erhob sich ein blonder Mann, das lange Haar mit vielen Blüten verziert. „Die Nacht auf den 29. Dezember, das ist meine Nacht. Der wunderschöne Mai mit seiner Blütenpracht, das ist meine Spielwiese. Ich bin der freundschaftlichen Liebe sehr verbunden. Da, wo sie gedeihen kann, da bin auch ich."

„Ich bin die Nacht auf den 30. Dezember", sagte, sich erhebend, der Nächste. „Der Juni, das ist meine Zeit, kleine Hannah. Sie ist dem Loslassen und der Reinigung gewidmet. Es ist die Zeit, sich von Altem zu befreien und Raum für Neues zu schaffen."

Ein Mann im leichten Sommergewand erhob sich und ihr eine Rose reichend, rief er pathetisch: „Wenn die Nacht auf den 31. Dezember anbricht, dann findest du mich. Ich stehe für den Juli, wenn die Sonne ihren höchsten Stand erreicht. Es ist die Zeit für alles Neue. In dieser Nacht schauen wir zurück und bereiten uns vor, auf das, was kommt."

Groß und furchtlos erschien ihr der nächste Mann. Das dunkle Haar fiel in dichten Wellen über seine Schultern. „Für die Nacht auf den 1. Januar, da stehe ich. In dieser Nacht heißen wir alles

Neue willkommen, dass wir annehmen möchten. Neue Kraft und Stärke erwächst in uns." Man konnte förmlich sehen, wie er größer und größer und stärker wurde, löwengleich geradezu. „Mit mir kannst du in dieser Zeit deine großen Träume verwirklichen, kleine Hannah."

Ruhig und gelassen dagegen erhob sich der neben ihm Sitzende. Seine dunklen Augen ruhten liebevoll auf dem Mädchen. „Die Nacht auf den 2. Januar, das bin ich. Der September ist meine Zeit. Es ist die Zeit, sich mit Neuem bekannt zu machen, es freudig anzunehmen und alles wachsen zu lassen, wie bei einem Baby, das geboren ist und nun groß werden muss. Gib dich der Veränderung hin, die das Neue mit sich bringt und achte dennoch genau auf deine Freiheit, kleine Hannah."

„Ich stehe für den 3. Januar und meine Zeit ist der Oktober. Golden wie mein Haar ist auch die Natur in dieser Zeit", sagte der nächste, blondgelockte Mann und erhob sich. „Das Wachsen ist auch mein Bestreben. Entdecke das Neue, kreativ und geduldig. Und auch die Gerechtigkeit muss bei mir Beachtung finden. Finden wir uns richtig behandelt? Oder nicht? Wo stecken wir fest? Das ist die Frage aller Fragen ..."

Ein Mann mit langem, grauem Haar stand auf. Sein Gesicht war scharf geschnitten, aber eine tiefe Liebe leuchtete aus seinen Augen. „Die Nacht auf den 4. Januar, da bin ich zu Hause und sie steht für den November. Loslassen, Hannah, das ist die große Aufgabe. Loslassen können, was wir haben, was wir lieben und auch das Sterben gehört zu mir. Wisse, wir kommen und gehen, in einem ewigen Kreislauf, so gestaltet sich die Ewigkeit."

Lang war der Bart des nächsten Mannes. „In meiner Nacht, der Nacht auf den 5. Januar vollendet sich wieder ein Jahr und es wird Zeit, das Vergangene noch einmal Revue passieren zu lassen. Zu schauen, wie war es, was hätte besser laufen können und so manches kann in dieser Nacht noch nachgeholt werden. Und höre, kleine Hannah, alles, was die Weiblichkeit stärkt, ist in dieser Nacht gut. Aber auch die Suche nach dem Neuen, nach Visionen und nach neuen Wegen kündigt sich in meiner Nacht an." Er lächelte und setzte sich wieder.

„Den Reigen will ich beenden, denn ich bin die Nacht auf den 6. Januar. Ich bewege mich außerhalb der Zeit, ich bin die Nacht der Wunder. Mit mir vollendet sich der Reigen der Raunächte", sagte der Letzte. „Es ist die Zeit für Ganzheit und es ist ein Tag, um die Süße des Lebens willkommen zu heißen, zu feiern und zu segnen, was ist und was kommen wird." Sein Gesicht war weise, er wirkte sehr alt, als hätte er alles auf dieser Welt schon gesehen, aber zugleich auch jugendlich frisch, als trage er die Hoffnung und das Licht in sich.

Hannah stand immer noch in der Mitte des Kreises, ihre Wangen glühten. Die Männer standen um sie herum, baten sie, Platz zu nehmen und mit ihnen das Nachtmahl einzunehmen. Hannah setzte sich. Warm war ihr geworden und eine bleierne Müdigkeit begann, sich in ihr auszubreiten. Sie merkte nicht mehr, wie ihr die Augen zufielen und ein tiefer Schlaf sie übermannte. Wie von fern hörte sie noch eine Weile die Stimmen der Männer, dann verloren auch sie sich in der kalten Weihnachtsnacht.

Es war die Stimme der Mutter, die sie weckte. Durch ihr kleines Fenster fiel das Licht des kalten Wintermorgens. „Hannah, Hannah, aufstehen, du hast so fest und tief geschlafen. Komm, wir warten längst mit dem Frühstück. Kind, es ist Weihnachten, Heiligabend ..." Hannah lag noch einen Moment im Bett, dann warf sie die Decke von sich und sprang auf.

„Wo ist er? Wo ist er?" Suchend schaute sie sich um. „Wer ist wo?", fragte die Mutter?

„Der blaue Vogel ... wo ist er? Eisvogel haben sie ihn genannt ...?"

„Was für ein Vogel? Kind, du hast geträumt. Komm, beeil dich, wir wollen essen."

Der Tag verging schnell, viele Kleinigkeiten waren noch zu erledigen und Hannah kam nicht mehr zum Nachdenken.

Am Abend, als sie aus der Kirche kamen und die Lichter angezündet waren und „Stille Nacht, heilige Nacht" gesungen war, bekamen alle ihre kleinen Geschenke. Zum Schluss wurde das Paket, das der Postkutscher am Vortag gebracht hatte, aufgemacht. Drinnen war noch ein Päckchen, ein kleineres und darauf stand: Für die kleine Hannah. Es war recht schwer. Und darin lag ein dickes altes Buch. Darauf stand in alter verschnörkelter Schrift: „Das Geheimnis der 12 Raunächte", geschrieben für Hannah.

Auf der anderen Seite

Eilig verließ Jana das Krankenhaus. Fast war es so, als wollte sie vor etwas fliehen. Oh, wie gern wäre sie weggerannt. Weg vor dem, was unaufhaltsam auf sie zurollte wie eine dunkle Wand, die nur aus Schmerz und Traurigkeit zu bestehen schien. Wie wenn ein Abschied naht, den man nicht will. Schnellen Schrittes ging sie zu ihrem Auto, stieg ein, startete ein, zweimal, beim dritten Versuch sprang der Motor endlich an. Gedankenverloren fuhr sie durch die Stadt, Tränen liefen ihr wieder über die Wangen, sie merkte es kaum. Immer noch sah sie das kleine, spitze Gesicht ihrer Mutter vor ihrem inneren Auge. Es schien so, als hätte der Tod schon besitzergreifend seine Hand nach ihr ausgestreckt. Da hatte sie noch einmal die Stimme der Mutter gehört. Sie hatte die Augen geöffnet und sie angesehen. Wie aus fernen Kindertagen, wenn sie hingefallen war und heulte, klang ihre Stimme, als sie sagte, „Wein doch nicht, Kleines, es tut nicht weh." Jana gab Gas und fast wäre sie mit einem Auto aus einer Seitenstraße zusammengestoßen. „Idiot, verdammt", dachte sie, die Augen immer noch blind vom feuchten Schleier der Tränen.

Schneller als sie wollte, kamen die alten Neubaublöcke in Sicht, schneller als sie wollte, war sie da. Während sie einparkte, überlegte sie, was sie ihrem Vater sagen sollte. Wie bringt man einem alten Mann bei, dass seine Frau sterben wird, dass sie einfach nicht wieder zurückkommen würde. Sie wusste, dass es für ihn Einsamkeit bedeutete, die auch sie nicht würde füllen können. Es waren so viele Gedanken in ihrem Kopf und so ein tiefer Schmerz in ihrem Herzen. Sie blieb noch einen Moment im Auto sitzen. Sie wollte keine Tränen, sie musste stark sein. Sie wusste, dass auch ihr Vater litt. Die Stille in der Wohnung, mit keinem reden zu können, das alles machte ihm zu schaffen. Er konnte nur noch schlecht laufen und kam kaum noch raus. Seine einzige Abwechslung, das waren die Schwestern der Caritas und sie. Und früher die Mutter. Auch wenn sie die letzten Jahre in starker Verwirrtheit verbracht hatte, sie war da gewesen und der Vater hatte eine Aufgabe gehabt. Nun, sie würde nicht wieder kommen und Jana würde heute sicher nicht die Kraft aufbringen, es ihm zu sagen. Zu sehr litt sie selbst. Jana holte tief Luft und stieg endlich aus. Sie verriegelte das Auto und ging langsam den langen Neubaublock entlang. Sie schaute zu der schäbigen Fassade hinauf. Auch wenn nach der Wende viel passiert war, so sehr viel schöner waren die Blöcke nicht geworden. Und doch war sie hier so viele Jahre zu Hause gewesen. Hier hatte sie ihren ersten Liebeskummer ausgeheult und in jeder Ecke hing irgendwo noch ein Teenagertraum mit Spinnweben, aber sie waren immer noch da, ihre Träume. Von hier aus war sie in das Leben gestartet, vor fast genau 20 Jahren. Aber immer wieder in all den Jahren hatten ihre Wege sie hierher zurückgeführt. Es war ihr eigentliches zu Hause geblieben. Klein, verstaubt und etwas miefig, aber voller Liebe und Fröhlichkeit.

Endlich war sie wieder in ihrer eigenen Wohnung. Sie schlug die Tür hinter sich zu und atmete tief auf. Dieser Tag erschien ihr wie ein Jahr. Sie ging ins Bad, drehte den Wasserhahn auf und ließ das heiße Wasser in die Wanne laufen. Ein reichlicher Schuss Badezusatz und dann ging sie ins große Zimmer, um sich auszuziehen. Sie ließ die Sachen einfach fallen und schaute versonnen durch das große Balkonfenster. Die Straße war noch belebt, Autos fuhren und die Menschen hatten es eilig, denn es war ein feuchter Februartag und es war nicht lustig draußen. Sie ging zurück in ihren Schlaf- und Arbeitsraum. Eine riesige Doppelbettcouch mit Decken und Kissen gab dem Zimmer etwas Gemütliches. Kurz öffnete Jana das Fenster, um zu lüften, und sofort war der Raum erfüllt vom Lärm der Straße, die direkt unter ihr entlangführte. Aber Jana schaute nicht nach unten. Ihr Blick hatte sich in den dichten Bäumen gegenüber verfangen. Sie waren jetzt kahl und Reste vom Schnee lagen auf den dicken Ästen. Wären die Bäume und Häuser nicht, dann würde sie das Krankenhaus sehen. Aber zum Glück waren wie ein Schutzschild die Bäume dazwischen. Und mit ihnen der alte Friedhof, auf dem sie standen. Und wieder fiel ihr die Mutter ein. Sie war so gern auf dem Friedhof spazieren gegangen. Für sie war das immer ein Park gewesen. Und nun? Nun würde er ihre Endstation sein, sie war fast angekommen. Jana schüttelte nur traurig den Kopf und ging wieder ins Bad. Ein flockiger Berg Schaum hatte sich in der Wanne gebildet, Jana drehte den Hahn kleiner und prüfte mit einer Fußspitze die Temperatur. Zu heiß. Immer war das Wasser bei ihr zu heiß. Sie ließ kaltes nachlaufen und stieg dann langsam in die Wanne. Vorsichtig, ganz vorsichtig. Heiße Wärme umfing sie, sie tauchte unter. Seufzend streckte sich Jana aus und genoss die Wärme des Wassers und die Entspannung, die es ihr brachte. Ihre Mutter hatte es auch geliebt, so heiß zu baden. Jana sah wieder die Mutter vor ihren inneren Augen ... Wie sie sie tröstete, wenn sie als kleines Mädchen hingefallen war und zu ihr sagte: „Du Dummchen, wein' doch nicht, schau, es ist gleich wieder gut, dreimal pusten ...", dann hatte sie gelacht und ihr das Haar aus dem Gesicht gestrichen. Und schon konnte sie nicht mehr traurig sein, musste kichern und all der Schmerz war vergessen. Ferne Tage.

Wieder traten ihr die Tränen in die Augen. War das das Ende? Sieht so das Ende aus? Das Ende eines langen Lebens? Würdelos, in kalter, fremder Umgebung unter fremden Menschen, die es nur eilig hatten und nie Zeit? Kein Streicheln, kein liebes Wort, keinen Trost auf dem letzten Weg? Seit Wochen hatte Hanna nicht mehr gesprochen. Nur selten hatte sie die Augen geöffnet und ziellos um sich geschaut. Manchmal hatte sie Jana zwar angesehen, doch es war nicht erkennbar, ob sie sie wirklich sah, oder nur das kleine Mädchen, das sie mal gewesen, wie so oft in den letzten Jahren, oder einfach nur eine Fremde. Die Alzheimer hatte sich an ihrem Gehirn gütlich getan und nicht mehr viel davon übriggelassen. Sie hatte ihr die Würde genommen und den Stolz, den sie mal gehabt hatte. Wie sehr hatte Hanna in der ersten Zeit dagegen angekämpft, gegen das Vergessen. Aber sie hatte verloren. Jana sah in Gedanken wieder die Gestalt ihrer Mutter zitternd eines Nachts in der Küche stehend, nicht mehr wissend, wer sie war und wo sie war. Vor Angst lief ihr das Wasser, dass die Windel nicht mehr aufsaugen konnte, die Beine runter. Nein, diese Krankheit kannte keine Würde und kein Erbarmen.

Jana tauchte in der Wanne unter, ließ heißes Wasser nachlaufen und trotzdem fröstelte sie noch immer.

Es war nach 21.00 Uhr, als Jana bettfertig war. Sie war so müde vom Tag, müde vom heißen Bad und ein bisschen müde auch des Lebens. Noch ein kurzes Telefonat mit ihrem Vater, dann würde sie ins Bett gehen. Morgen lag wieder ein anstrengender Arbeitstag vor ihr.

Kaum war Jana im Bett, da schlief sie auch fast sofort ein. Der Schlaf war unruhig und immer wieder schreckte sie hoch, um dann endlich in einen tiefen Schlaf zu fallen. Es musste schon gegen Morgen sein, da träumte sie und schien gleichzeitig aber auch schon wach zu sein. Es war ein seltsames Gefühl. Auf der einen Seite nahm sie ihr Zimmer wahr, aber auf der anderen schien sie sich in einem Universum voller Licht zu bewegen. Sie hatte das Gefühl, nicht mehr zu schlafen, aber auch nicht wach zu sein. Ein Licht, weiß-golden, wie sie es noch nie gesehen hatte, hüllte sie ein. Ein Licht, gewebt aus unendlicher Harmonie und Liebe. Ihr Körper war leicht und konnte sich ohne Mühe frei im Raum bewegen, wie in einem Tanz der Elemente. Alles war vollkommen und über allem lag ein tiefer Frieden, getragen von einem unglaublichen Glücksgefühl. Dieses Licht, es war überall. Nie hatte sie solch absolute Liebe und Freiheit gespürt. Ein Hauch von etwas Göttlichem lag über allem und alles schien dabei so real. Das Laufen war ein Schweben, ihr Körper schien kaum noch zu existieren. Die Luft war angenehm, wie Samt und Seide. Sie hörte die Stimme ihrer Mutter und drehte sich leicht um. Auch sie bewegte sich schwebend neben ihr durch die lauen Lüfte und rief ihr lachend etwas zu. Sie müssen sich schon eine ganze Weile so unterhalten haben. Jana nahm wahr, wie schön ihre Mutter aussah. Die schwarzen Haare fielen ihr bis auf die Schultern. Jede Bewegung war vollendete Harmonie. Jana dachte, so wie damals, als ich noch klein war, da sah sie auch so aus. „Komm, Kind, wir müssen uns beeilen, wir haben nicht mehr viel Zeit. Die Schleier der Nacht heben sich bereits und ich muss zurück." „Wann sehen wir uns wieder, Mama?" „Ich weiß es nicht, Jana. Aber wir sehen uns wieder, irgendwann, wenn die Zeit dafür reif ist, dann sehen wir uns wieder. Denke immer daran, Jana, wir sehen uns wieder, keiner geht für immer. Und weine nicht, Jana, versprich es mir. Ich werde endlich wieder frei sein von all der Qual des Körpers und den Lasten des Lebens. Meine Zeit ist gekommen, zu gehen. Aber ich werde dich begleiten. Immer! Wo du auch bist, ich werde bei dir sein. Und vergiss nie, Jana, das Leben ist schön. Es will gelebt werden mit allen Höhen und Tiefen, aber vor allem immer mit Liebe. Ich liebe dich, Jana, aber ich muss jetzt fort", rief sie lachend, „pass auf dich auf, Kleines …", und langsam, ganz langsam, begann das Bild zu verblassen, die Stimme von Hanna verlor sich, wie wenn Nebel sich auflösen. Genauso wie das strahlende Licht. Jana lag ganz still im Bett, noch die Stimme von Hanna im Ohr, sie atmete den Duft ein, der ihre Mutter immer begleitet hatte. Sie lächelte und gleichzeitig spürte sie wieder die Wärme der Bettdecke und einen leichten Ruck durch ihren Körper gehen. Ihre Seele war wieder bei ihr. Sie wollte die Bilder und ihre Mutter festhalten, wusste aber auch gleichzeitig, dass es ihr nicht gelingen würde. Wie ein Traum, so verblassten auch die Bilder. Ganz still lag sie im Bett und lächelte. In ihr war so ein wundervolles Gefühl von Frieden und eine tiefe Dankbarkeit, ja fast Demut, dass sie diesen Augenblick hatte erleben dürfen. Sie wusste, dass das, was die gesehen und erfahren hatte, Wirklichkeit gewesen ist. Eine Wirklichkeit auf der anderen Seite des Daseins. Langsam wurde es hell. „Oh mein Gott", dachte Jana, „ich danke dir …". Sie fühlte, nein, sie wusste es, es war ihr vergönnt gewesen, von ihrer Mutter in Frieden und Fröhlichkeit Abschied zu nehmen. Dankbar lächelte sie. Dankbar für dieses Erlebnis, das ihr keiner je würde nehmen können, auch der Tod nicht.

Zwei Tage später kam der Anruf aus dem Krankenhaus. Ihre Mutter hatte es geschafft, sie hatte diese Welt hinter sich gelassen. Fast automatisch sah Jana um sich und nach oben, so als könnte sie dort das helle Licht und ihre Mutter sehen. Bei dem Gedanken musste sie lächeln. Sie wusste, Hanna war nicht weg, sie war nur auf der anderen Seite.

DIE ROTE LADY

Es ist Mitte Juli, die Nacht ist warm und es duftet nach Wiesen, Blumen und Heu. Die Amsel hat ihr letztes Lied längst gesungen und Stille liegt über der Landschaft. Ganz langsam tastet sich eine kleine rote Lady zur Straße vor. Schritt für Schritt, bis zum Rand. Helle Scheinwerfer tauchen in der Kurve auf, die Lady duckt sich und da ist das Auto auch schon vorbei. Eine Grille zirpt und von fern sind ab und zu Geräusche vom Dorf zu hören. Jetzt oder nie, denkt sie und huscht schnell und leichtfüßig über die am Tag so befahrene Straße. Sie stromert durch das etwas verwilderte Grundstück gegenüber. Gleich dahinter beginnen endlose Wiesen und in der Ferne der Wald. Aber die Rote genießt die Gerüche, die sie hier schon seit Tagen wahrnimmt, sie sind ihr langsam vertraut geworden. Vor allem der Geruch von Geborgenheit und Liebe. Neugierig wandert sie über die Beete, riecht hier an einer Blume und dort an einem Zweig. Und immer wieder entdeckt sie etwas Neues, das gestern Nacht noch nicht dort gestanden oder gelegen hatte. Oh, sie kannte diesen Garten schon fast so gut wie ihr ehemaliges Zuhause.

Am Schuppen neben dem Haus knarrt eine alte Tür. Sie ist nicht geschlossen und pendelt im leichten Wind der Nacht leise hin und her. Neugierig steckt sie ihren Kopf hinein. Es duftete angenehm nach Heu und fühlte sich warm an. Sie schlüpft hinein und sieht sich um. Gemütlich. Jetzt merkt sie, wie müde sie eigentlich ist. Der Tag war anstrengend, aber sie kann sich noch keine Ruhe gönnen, sie hat noch Wichtiges zu erledigen. Gerade will sie den Schuppen wieder verlassen, da kommt ein leichter Windstoß und die Tür klappt zu. Die kleine rote Lady ist gefangen.

Der neue Tag beginnt, wie der gestrige endete, mit viel Sonne. Durch das geöffnete Fenster ist das Klappern von Geschirr aus dem Haus zu hören und der Duft von frisch gebrühtem Kaffee verbreitete sich. Die Haustür geht auf und ein großer, starker Mann mit einem Bart tritt auf die Treppe. Blinzelnd schaut er in den morgendlichen Himmel, der Tag verspricht schön zu werden. Langsam geht er zu dem wackligen Tisch am Schuppen und stellt die Schüssel ab. In den Kaninchenbuchten dahinter wird es lebhaft. Aufgeregt springen die Kaninchen hin und her, jeder will als Erster Futter haben. Bedächtig füllt der Mann Schüssel für Schüssel und bedient die ungeduldigen Hasen. Gierig, als hätten sie tagelang nichts mehr gefressen, machen sie sich über das Futter her. Nun fehlt nur noch frisches Heu. Er nimmt seinen großen Korb, öffnet den Schuppen und geht hinein. Wütend und aggressiv faucht ihn etwas an. Das Bild hat etwas Unwirkliches. Vor ihm steht eine kleine, zierliche rote Katze, die ihm fauchend mit blitzenden Augen die Zähne zeigt. Es ist, als wollte sie sagen: „Bis hierher und nicht weiter, sonst fress' ich dich!" Amüsiert tritt er einen kleinen Schritt zurück. Sich bückend, fragt er leise: „Na, wer bist denn du?" Vorsichtig geht er wieder einen Schritt auf sie zu und streckt die Hand aus. Wieder kommt das Fauchen. Die Kleine schaut ihn warnend an und geht gleichzeitig einen winzigen Schritt zurück. Wieder muss Klaus lächeln. Das kleine Tier rührt ihn. So mutig, wie sie versucht, ihn zu warnen. Er geht raus, schließt die Tür, dreht sich um und ruft Richtung Küchenfenster: „Reinhild, Reinhild ..." Als sie endlich am Fenster erscheint, sagt er: „Reinhild, hier hat sich im Schuppen eine kleine Katze verlaufen, mach doch mal ein Schälchen Futter zurecht. Irgendwas ... Wurst oder so!"

Reinhild guckt etwas verdutzt. „Mach mal", sagte Klaus. „Da sind doch von Oma auch noch ein paar Dosen mit Katzenfutter ..." Reinhild versteht nicht gleich, wieso, warum. „Reinhild, hier hat sich eine kleine Katze einquartiert ..."

Kurz darauf kommt sie raus mit einem Teller und Katzenfutter. Er nimmt den Teller, öffnet die Tür zum Schuppen vorsichtig, stellt ihn auf den Boden und tritt einen Schritt zurück. Wieder faucht es, doch dann kommt die Rote vorsichtig aus dem Heu hervor. Sie hat Hunger. Großen Hunger. Ihr Hals wird immer länger, sie schnuppert und dann gibt es kein Halten mehr. Sie geht zum Teller und frisst gierig, bis er leer ist.

Und auch ein zweites Tellerchen mit Nachschub verputzt sie mit der gleichen Geschwindigkeit.

„Klaus, wo kommt die her?", fragt Reinhild. „Keine Ahnung", sagt er. „Sie war im Schuppen. Sie wird nachts rumgestreunt sein und der Wind hat sicher die Tür zugeschlagen. Ich habe sie noch nie hier gesehen. Wüsste auch nicht, wer so eine kleine Rote hat. Du?"

„Nein. Sie scheint noch sehr jung zu sein und so schmal. Ich werde ihr noch etwas Futter holen. Das jammert einen ja, wenn man das kleine Ding so sieht", sagt Reinhild und geht mit dem leergeputzten Teller ins Haus.

***

Der Tag auf dem kleinen Hof nahm seinen alltäglichen Lauf und keiner dachte mehr an die rote Katze. Klaus erledigte seine Einkäufe und Reinhild den Haushalt. Als die Mittagszeit vorbei war, tauchte sie wieder auf. Auf einmal lag sie wieder vor der Tür des alten Schuppens, in dem sie nachts gefangen war. Sie schaut hinüber zum Küchenfenster, von wo wieder das Klappern von Geschirr zu hören ist. Zufällig kommt Klaus um die Ecke und sieht sie. Er stockt und sagte: „Da bist du ja wieder, kleine rote Lady!"

Die Lady faucht, zieht sich aber nur zwei, drei Schritte zurück und bleibt stehen. „Ah", sagte er, „du hast Hunger. Du bist aber auch ein mageres, kleines Ding". Er will sie streicheln, doch sie weicht aus und faucht wieder. Er schüttelt den Kopf und denkt nur, „Weiber!". Dann ruft er wieder Reinhild und sie kommt mit einem Teller Katzenfutter.

So vergehen ein paar Tage. Jeden Morgen steht die kleine rote Lady im Hof, bekommt ihr Futter, stromert noch ein bisschen übers Gelände und manchmal verschwindet sie im alten Schuppen mit dem Heu. Irgendwann ist sie dann wieder weg bis zum nächsten Tag. Klaus und Reinhild hatten sich inzwischen an sie gewöhnt. Die Kleine faucht nicht mehr und wird immer zutraulicher. Jetzt hatte sie sogar schon einen Namen: Sweety. Er passte zu ihr.

***

Eines Morgens, Klaus steht gerade wieder am Küchenfenster und schaute gedankenverloren hinaus. Da sieht er Sweety, wie sie flink über die Straße gelaufen kommt und etwas Graues im Maul hat. Sie verschwindet schnell im alten Schuppen. Die Tür steht jetzt immer offen. „Sie wird doch wohl nicht einen Maulwurf gefangen haben", denkt Klaus noch so, vergisst den Gedanken aber auch gleich wieder. Zufällig, 20 Minuten später, die gleiche Szene. Sweety huscht mit etwas im Maul über den Hof und verschwindet im Schuppen. „So viele Maulwürfe hintereinander kann sie in so kurzer Zeit doch wohl nicht fangen", denkt er und stiefelte hinaus. Er ist gerade am Schuppen, da kommt Sweety schon wieder raus, reibt ihr Köpfchen an seinem Hosenbein und machte sich wieder auf den Weg Richtung Straße. Klaus schaute in den Schuppen. Aber hier war es wie immer, nur der Duft von Heu liegt in der Luft und alles ist ruhig. Er schüttelt den Kopf und macht sich an einem Strauch zu schaffen, den er gestern verschnitten hatte.

Es dauerte keine 10 Minuten, da verschwindet die Rote schon wieder mit etwas Winzigem im Schuppen. Klaus legt die Gartenschere weg, will ihr folgen, aber da kommt sie schon wieder raus, schmiert um seine Beine, verschwindet erneut Richtung Straße. Weg ist sie.

Am Abend ist Frank, Klaus' Neffe wieder da. Seit zwei Jahren wohnt er bei den beiden.

„Na, Großer", fragt Klaus, „wie war dein Urlaub?".
„Was soll ich sagen: zu kurz, zu schnell und sehr schön!",
Frank grinst. Sie plaudern noch ein Weilchen, dann gehen beide raus, um die Kaninchen zu füttern. Dabei erzählt Klaus ihm von ihrer neuen Untermieterin. Sie sind gerade am Schuppen angekommen. Klaus geht rein und bedeutet Frank, ihm zu folgen. Er zeigt grinsend nach oben auf den kleinen Heuboden, von wo aus zwei spitze Ohren und zwei Augen nach unten lugen. „Darf ich vorstellen, das ist Sweety, unsere neue Untermieterin. Dein Bett wollte sie nicht, sie hat die Freiheit vorgezogen", dann erzählte er ihm die Geschichte der roten Lady. „Ich weiß nur nicht, was sie heute alles gefangen hat. Sie ist ein paarmal mit Mäusen oder Maulwürfen im Maul von drüben rübergekommen und immer nach oben verschwunden. Vielleicht hat sie ein Mäusenest ausgeräubert. Aber die wird sie ja wohl nicht alle hier versteckt haben ..." „Ich schau mal nach", sagt Frank und schon steigt er vorsichtig die kurze Leiter nach oben. Sweety hat sich ins Heu zurückgezogen und fauchend warnt sie den fremden Eindringling. Prüfend schaut Frank über das Heu. Nicht weit von der Leiter entfernt sieht er so etwas Wuscheliges, fast wie ein Nest, in dem sich etwas bewegt und raschelt.

Er verharrt still, nimmt ein längeres Stück Stroh und schiebt es vorsichtig Richtung „Nest". Sofort kommt Sweety angesprungen, stellt sich dazwischen und brummt warnend. „Ist ja gut, ist ja gut. Bist eine ganz liebe Mama." Dann steigt er schmunzelnd runter. Grinsend sagt er zu Klaus: „Gratuliere! Du bist ‚Opa‘ geworden. Sie hat Junge! Sie muss sie wohl vom alten Schuppen drüben über die Straße umquartiert haben. Das sind die ‚Mäuse oder Maulwürfe‘, die du angeblich gesehen hast. Willkommen im neuen Zuhause, Sweety." Vorsichtig streichelt er sie und jetzt hält sie ganz still. Die Rote und ihre Jungen sind nun endgültig adoptiert!

Die Tage vergehen. Als Frank nach zwei, drei Wochen morgens den Schuppen aufmacht und zum Heu hochschauend „Sweety, Frühstück" ruft, sieht er da eins, zwei, drei, vier, fünf kleine Köpfchen, die mit großen Augen neugierig zu ihm runterschauen. Drei scheinen rot zu sein, wie Sweety, die anderen beiden Farben kann er bei dem diffusen Licht nicht ausmachen. „Hallo, wer seid denn ihr … habt ihr Hunger?" Sofort ist Sweety da, schiebt die Kleinen zurück ins Nest und kommt die Leiter runtergesprungen. Mit einem Mautzer begrüßt sie ihn, reibt ihr Köpfchen an ihm und holt sich ihre Streicheleinheiten ab. Dann fällt sie hungrig über ihre Futterschüssel her.

Eines Abends macht Frank sich mit Säge und Schrauben an der Schuppentür zu schaffen. Neugierig schaut Sweety ihm zu. Noch die Schrauben festziehen und fertig ist das Werk. Er macht die Tür zu. Sweety schaut ihn unruhig an. Frank tippt mit einem Finger gegen sein Werk und die Klappe tut, was sie soll, sie pendelt hin und her. Dann steht er auf, räumt zufrieden sein Werkzeug zusammen und geht ein Stück weg. Sweety beschnuppert die Klappe, stößt mit dem Köpfchen dagegen – und drin ist sie … rein, raus, rein raus … was für ein Spiel.

Die Tage vergehen, die Kleinen wachsen zusehends und fangen an, ihre Welt zu entdecken, drei rote und zwei graue. Jetzt springen sie schon munter durch die Gegend, der Schuppen ist zu klein geworden, sie entdecken Hof, Garten und die Wiesen. Morgens, wenn es Futter gibt, dann überschlägt sich die Katzenklappe fast. Dsching, dsching, saust eine nach der anderen raus, manchmal gleich drei auf einmal. Den ganzen Tag jagen, toben und fliegen die Kleinen nur so durch den Garten. Klettert eine an den Blumen hoch, zieht eine andere sie mit beiden Pfoten wieder runter und die Jagd geht weiter. So lernen sie jeden Tag spielend etwas dazu. Mauselöcher! Wie interessant. Sweety fährt mit einer Pfote immer wieder in ein kleines Loch, bis die Kleinen neugierig werden und es im Nachahmungstrieb selbst versuchen. Noch ist es ein Spiel, aber eines Tages werden sie wissen, wie es funktioniert und wie man eine Maus fängt. Fasziniert hatte Frank dieser kleinen Lehrstunde aus der Ferne zugesehen.

Sweety hat wirklich alle Pfoten voll zu tun. Aufpassen, keins der Jungen aus den Augen verlieren und abends wird dann die „Waschstraße" aufgemacht. Eine nach der anderen wird von der

Mama liebevoll, aber konsequent geputzt. Die eine macht die Augen zu und genießt und eine andere greift sich das Schwesterchen und putzt dieses ab. Die Welt ist für sie ein großer Spielplatz. Und so geht ein Tag nach dem anderen mit Spielen, Toben und Erfahrungen langsam zu Ende. Die Kleinen wachsen, gedeihen und lernen friedlich und fröhlich unter der Liebe ihrer Mama. Und scheint von irgendwoher mal Gefahr zu drohen, dann springt Sweety auf, brummt vernehmlich auf eine ganz bestimmte Art und schon flitzen die Kleinen von einer Sekunde auf die andere von allen Seiten zum Schuppen, am liebsten alle auf einmal durch die Katzenklappe, und weg sind sie. Bleibt alles ruhig, erscheint eines nach dem anderen vorsichtig um sich schauend, wieder auf dem Hof. Kein Kino, kein Film ist schöner und spannender, als dieses Treiben jeden Tag zu beobachten.

Viel zu schnell vergeht die Zeit. Sie wachsen, werden größer und so ist der Tag nicht mehr fern, an dem sie ein neues zu Hause finden werden. Möge es ein genauso glückliches sein wie hier, inmitten der Natur, mit Menschen, die sie lieben und auf sie achten.

··· ·····z FÜR AUTOREN A HEART FOR AUTHORS À L'ÉCOUTE DES AUTEURS MIA KAPΔIA ΓIA ΣΥΓΓΡ
···· ···· A FÖR FÖRFATTARE UN CORAZÓN POR LOS AUTORES YAZARLARIMIZA GÖNÜL VERELIM SZÍ·
···· ···E PER AUTORI ET HJERTE FOR FORFATTERE EEN HART VOOR SCHRIJVERS TEMOS OS AUTO·
···· ·····zÖINKERT SERCE DLA AUTORÓW EIN HERZ FÜR AUTOREN A HEART FOR AUTHORS À L'ÉCOU·
··· ·····ÇÃO ВСЕЙ ДУШОЙ К АВТОРАМ ETT HJÄRTA FÖR FÖRFATTARE Á LA ESCUCHA DE LOS AUTOF·
···· ····EURS MIA KAPΔIA ΓIA ΣΥΓΓΡΑΦΕΙΣ UN CUORE PER AUTORI ET HJERTE FOR FORFATTERE EEN ·
···· ·····ARIMIZ· ··· ·····VER·· ····· ····· ·ÖINKÉRT SERCE DLA AUTORÓW EIN HERZ FÜ·
···· ·· SCHRI·· ··· ···· S ·S ··· ···· CO······ÃO ВСЕЙ ДУШОЙ К АВТОРАМ ETT HJÄRTA FÖ·

Die Autorin

Julia Bo wurde 1952 geboren, machte nach ihrem
Abitur die Ausbildung zur Sparkassenkauffrau und
hat einen Studienabschluss in Gesellschaftswissen-
schaften. Auch eine journalistische Ausbildung ließ
sie sich angedeihen und brachte ihre schriftstelleri-
schen Fähigkeiten in der Redaktion „Tribüne" ein.
Sie ist ein kreativer, lebensfroher Mensch und
glücklich verheiratet. Wenn sie nicht gerade
schreibt, dann treibt sie Sport, widmet sich der
Gartenarbeit oder liest, um ihren Horizont stetig zu
erweitern.